» LA GAJA SCIENZA «

VOLUME 1262

QUALCOSA

Romanzo di
CHIARA GAMBERALE

illustrazioni di
tuono pettinato

LONGANESI

ISBN 978-88-304-4767-7

Parte del ricavato di questo libro sarà devoluto dall'autrice
all'Associazione CasaOz (www.casaoz.org)

Progetto grafico: PEPE *nymi*

Per essere informato sulle novità
del Gruppo editoriale Mauri Spagnol visita:
www.illibraio.it

Published by arrangement with The Italian Literary Agency

QUALCOSA

A Emanuele,
grazie di niente

«È una bambina, è una bambina!»

Era una bambina.

La notizia correva per le bocche, per le strade, s'infilava sotto la porta di ogni casa del regno.

Qualcuno di Importante e Una di Noi, la sua sposa, avevano finalmente dato alla luce il loro primo erede: una bambina.

Da anni i sovrani, pazzi d'amore l'uno per l'altra e pazzamente amati dal loro popolo, si consumavano nella pena di non riuscire ad avere un figlio.

La loro gioia, adesso, era la gioia di tutti, di tutti la loro festa.

Però.

Però c'era un però.

E il però era proprio lei: la Principessa.

Dal primo strillo, appena la madre la strinse fra le braccia, fu chiaro ai genitori che in quella creatura c'era qualcosa.

Qualcosa di complicato da spiegare.

Qualcosa di evidente.

Di pericoloso.

«Com'è possibile?» La Regina Una di Noi, pallida in volto e smarrita nel cuore, confidava che il marito comprendesse il mistero che a lei sfuggiva. «Com'è possibile che, con un solo vagito, la nostra piccolina abbia fatto esplodere un lampadario? Esplodere! *Un lampadario!*»

Eppure proprio questo era successo.

Dalla minuscola bocca della Principessa era uscito un urlo talmente acuto che i milletré cristalli del lampadario avevano cominciato a oscillare impauriti.

«Calmati, calmati, piccola mia» sussurrava Una di Noi.

Ma, per tutta risposta, l'urlo della Principessa diventava ancora più acuto. E lungo. E disperato. Come se volesse

arrivare a tutto il mondo perché nessuno, proprio nessuno, fosse escluso dall'annuncio:

«Calmati, calmati» insisteva sua madre.
Ma la bambina ancora di più si agitava.
E urlava.
Urlava urlava urlava.
Finché lo schianto del lampadario riuscì a urlare più
forte di lei.
E a fermarla.
Se non fossero stati i labbrucci di un esserino appena
nato – incerti, di carta velina, appena disegnati –, a guar-
dare la Principessa in quel momento si sarebbe detto che
sorridevano. Fieri: milletré cristalli esplosi.

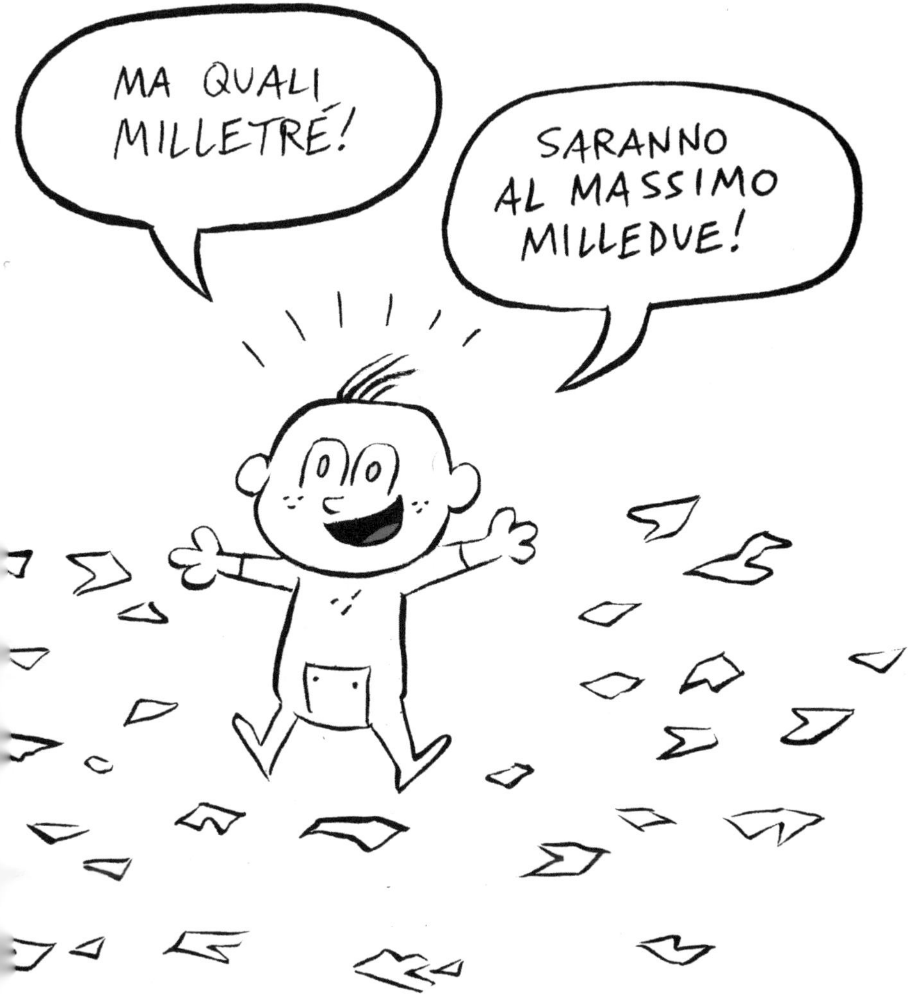
MA QUALI MILLETRÉ!
SARANNO AL MASSIMO MILLEDUE!

E mentre Qualcuno di Importante fissava sua figlia, spaventato ma nello stesso tempo segretamente affascinato da quell'incidente, anche la bambina lo fissava. Con occhi gialli, spalancati come finestre, che i neonati non dovrebbero avere, non hanno.

Ma che lei aveva.

Perché, appunto, in lei c'era qualcosa.

Qualcosa di complicato da spiegare.

Qualcosa di evidente.

Qualcosa di troppo.

Il nome della Principessa rotolò per il regno pochi giorni dopo la notizia della sua nascita.

Esattamente quattro giorni.

Nei quali la piccola, dopo l'esplosione dei milletré cristalli, mica si era decisa a fare la neonata.

Macché.

A un giorno aveva succhiato i seni della madre, grossi e ricchi come meloni maturi, fino a trasformarli in due palloncini sgonfi, senza più neanche una goccia di latte.

Ma lei aveva fame.

Aveva fame sempre.

A due giorni aveva scoperto di possedere due piedini.

E li muoveva senza sosta, continuamente.

Calciava il lenzuolino di seta e tulipani che la migliore sarta del regno aveva cucito per lei, calciava e calciava, finché non lo strappò.

Calciava sul petto di chiunque la sollevasse dalla culla per tenerla in braccio.

Calciava mentre la Regina provava a cambiarle la sottoveste e il pannolino, calciava invece di avere paura di essere venuta al mondo, come a due giorni fanno tutti, proprio tutti!

Calciava più di quanto respirasse.

Calci a destra e a sinistra, calci su, calci giù, piedini allucinati che sembravano avere una disperata voglia di correre, se solo avessero potuto immaginare come camminare.

A tre giorni aveva scoperto il sonno.

E aveva dormito, di fila, per ventotto ore.

«Non sarà mica...» tremò la voce di Una di Noi. «... morta...?»

Qualcuno di Importante scosse la testa: la piccola respirava.

E però dormiva.

Era come se dormisse con tutta se stessa.

Finché non si svegliò e, per altre ventotto ore, rimase sveglia.

Esattamente così.

Con tutta se stessa.

Fu allo scoccare della ventinovesima ora di veglia che Qualcuno di Importante, di fronte a quella culla e allo sguardo sempre più giallo e spalancato della bambina che ostinatamente cercava il suo, con doloroso stupore, tuonò:

«Figlia mia, sei Qualcosa di Troppo».

Così, mentre il Re e la Regina non sapevano se piangere o ridere, la Principessa ebbe il suo nome. E si addormentò per altre venti ore.

Tredici anni sono molti o sono pochi, per chi è Qualcosa di Troppo?

Chi lo sa.

Per la Principessa erano volati come falchetti curiosi e si erano trascinati come tartarughe ferite, a seconda dei giorni e a volte nello stesso momento.

È che, principalmente, lei quei tredici anni li aveva trascorsi a volere.

Ma cosa voleva?

Voleva

Voleva

Voleva

Voleva troppa attenzione.

Dal Re, dalla Regina, dai precettori e da chiunque le capitasse a tiro.

«Mi ascolti?» chiedeva in continuazione a chi, per un intero pomeriggio, se ne stava lì, catturato da lei che raccontava. Di quando era nata e aveva fatto esplodere milletré cristalli. Di quanto poteva essere buffa la sua tata quando si soffiava il naso.

Di come un giorno, senza dirlo a nessuno, era fuggita dal castello, poi dai confini del regno e s'era inerpicata su, sempre più su, per un arcobaleno, e aveva scoperto il segreto dell'universo, che però, le dispiaceva moltissimo, aveva promesso di tenere solo per sé.

Storie vere, storie orecchiate chissà dove: poco contava. A Qualcosa di Troppo piaceva parlare, parlare e parlare. Gonfiare di parole, quante parole, la testa di chi le capitava a tiro e non si accontentava che il disgraziato di turno facesse finta di starla a sentire e ogni tanto commentasse: «Molto interessante». Macché!

«Mi ascolti, mi ascolti?»

Oppure: «Che ne pensi tu?»

E ancora: «Ora tocca a te. Racconta, racconta. Dai! Che hai fatto ieri? Qual è il tuo fiore preferito? E il tuo odore? Racconta!»

Tanto che i ragazzini del regno, alla lunga, avevano cominciato a starle alla larga. Bisognava rispettarla, certo: era la figlia del Re! Le loro madri raccomandavano di essere sempre gentili.

«Ma essere gentili è un conto, passare del tempo con lei è un altro!» si lagnavano i ragazzini.

«Perché? Che cosa fa di male la Principessa Qualcosa di Troppo?» domandavano le madri.

«Il problema non è tanto quello che fa, ma soprattutto COM'È…» spiegavano i ragazzini.

«Cioè?»

«Cioè, Qualcosa di Troppo è… è qualcosa di troppo! Se la incontri per strada e le dici ciao, quella ti blocca e comincia a fare domande domande domande! Ti fa girare la testa! Chiacchiera senza prendere neanche il respiro! E se per un attimo ti distrai ti dà dei pizzicotti che il braccio ti diventa viola! Le partite a rubabandiera con lei possono durare una giornata, non ti molla mai, non le basta mai!»

E a loro invece bastava svegliarsi, andare a scuola, giocare a rubabandiera un'oretta, fare i compiti, giocare a rubabandiera un'altra oretta, mangiare e andarsene a dormire.

Non erano mai troppo felici o troppo annoiati.

Erano Ragazzini Abbastanza.

Ogni tanto abbastanza felici, ogni tanto abbastanza annoiati.

E poi voleva troppi colori.

Non accettava che un tramonto non desse ogni sera il meglio di sé.

Se lo spettacolo la convinceva, saliva fino alla torre più alta del castello per dimostrare al sole, ballando un tip tap, la sua ammirazione.

Se però lo spettacolo non la convinceva, perché una nuvola si era messa di traverso sul più bello, poteva precipitarsi in camera sua, chiudere a chiave la porta e ululare fino al mattino dopo contro quel cielo che l'aveva tradita.

Troppe avventure.

Ogni giorno si svegliava e prima ancora di aprire gli occhi ne aspettava una. Come se l'intero creato fosse, sotto sotto, un enorme parco giochi costruito appositamente per permettere a lei di non annoiarsi mai.

E di non fermarsi a ragionare sul perché sua madre era sempre stanca o sul perché nessun Ragazzino Abbastanza veniva mai a trovarla per giocare a rubabandiera con lei.

Così cercava nei boschi cerbiatti con cui giocare a nascondino.

Scriveva lettere alla sua vecchia tata da parte di un ammiratore segreto e come rideva, quanto!, davanti a quella poveretta che apriva le buste e arrossiva, imbarazzata e felice.

Si infilava in una credenza delle cucine del castello perché tutti, finita la giornata, fossero schiacciati da una domanda più buia della notte che premeva: dov'è finita?

E la chiamassero, con la voce rotta dall'angoscia.

«Dove sei finita, Qualcosa di Troppo?»

«Qualcosa di Troppo!»

«Dove sei?»

«Qualcosa di Troppooooooooooooooo!»

Questa figlia è una punizione, pensavano i sovrani.
Questa figlia è un demonio.

Ma.

Questa figlia è un regalo, pensava certe sere Qualcuno di Importante, quando si ritrovava la testa piena di problemi, neri e inafferrabili come pipistrelli, e Qualcosa di Troppo gli saltava sulle ginocchia e gli soffiava in un orecchio: «Andrà tutto bene».

FLAP
FLAP

Perché, anche se quei problemi non li conosceva, lei capiva comunque. Capiva tutto, capiva troppo.

Questa figlia è un angelo, pensava certe mattine la Regina, quando la malattia che la inchiodava a letto si faceva particolarmente cattiva e la costringeva a tossire e tossire, e Qualcosa di Troppo scivolava all'improvviso nella stanza, con un tamburello basco, e a ogni colpo di tosse della madre dava anche lei un colpetto al tamburello, finché non ne usciva una musica vera e propria, una canzone matta.

«È la canzone della tosse che scompare, *puf!*, e la tosse non c'è *puf* non c'è *puf* non c'è *piùf!*» cantava Qualcosa di Troppo.

E invece purtroppo a scomparire, *puf!*, fu la Regina.

Fino a quel momento, nessuno aveva avuto il coraggio di spiegare alla Principessa cosa stava succedendo a sua madre, come mai da un anno non si alzava dal letto e tossiva invece di respirare. Neanche sua madre stessa: un po' perché sperava che le preghiere del suo popolo ce la facessero, arrivassero su e ancora più su, fino alle orecchie di una stella, quella giusta, quella capace di fare finire bene le fiabe e di fare sparire le brutte malattie a quelli che amiamo. E un po' perché era già tanto debole e non trovava dentro nessun cassetto, nella tasca di nessuna vestaglia, la forza per confessare a quella figlia esagerata la cosa esagerata che le stava capitando.

«La morte non significa che qualcuno se ne va, ma che tu nel frattempo resti» balbettò Qualcuno di Importante a Qualcosa di Troppo, dopo che Una di Noi lo aveva guardato per l'ultima volta, gli aveva detto senza dirla una cosa tutta loro e poi aveva chiuso gli occhi per sempre.

Qualcosa di Troppo aveva tredici anni: nel giardino del castello aveva già trovato tante lucertole, paralizzate dalla zampa di un gatto, a seccare al sole. Si era sentita

gelare pure se faceva caldissimo quando, una mattina d'a-
gosto, senza salutare, il cavallo del Re era scomparso dalla
stalla. Ma oltre a essere troppo capace di essere triste e di
essere felice era anche troppo intelligente: aveva intuito,
anno dopo anno, osservando le montagne e i prati e il
cielo, che anche le cose giocano a rubabandiera, in un
modo tutto loro che pare violento, eppure è naturale, e
che dopo l'estate arriva l'inverno, dopo la luce di mezzo-
giorno arriva il nero peloso della mezzanotte.

Che cos'era la morte, insomma, lo sapeva. Ma non sapeva che cos'era la morte di sua mamma.

E non sapeva che cos'era quel buco che adesso si ritrovava al posto del cuore.

Un buco troppo buco al posto di un cuore troppo cuore.

Per due giorni la Principessa non parlò, non pianse,
non mangiò, non dormì.

Se ne stava nella camera della Regina, stesa per terra, a
suonare il suo tamburello basco. E le pareva fosse sempre
buio, fossero sempre le tre del mattino.

Finché non arrivò il giorno del funerale.

Allo spuntare dell'alba, ogni abitante del regno rimase in silenzio, con le finestre chiuse, a ricordare lo sguardo biondo e dolce di Una di Noi.

Poi il sole cominciò a sciogliersi, il cielo si fece arancione.

Le finestre si spalancarono.

E i giardini del castello si riempirono.

C'erano tutti, c'erano proprio tutti, attorno a Qualcuno di Importante e a Qualcosa di Troppo, mentre la Regina – avvolta in uno scialle d'ali di libellula che un sarto

cinese aveva cucito proprio per lei, perché il mondo intero voleva dirle addio – veniva seppellita fra i girasoli, i suoi fiori preferiti.

Qualcosa di Troppo stringeva nella sua la mano del padre, ma mentre Qualcuno di Importante franava in lacrime lei non riusciva a spremere nemmeno una goccia dai suoi occhi troppo grandi.

Era troppo triste per piangere.

I Ragazzini Abbastanza, che l'avevano sempre evitata, ora erano tutti lì a darle chi un abbraccio, chi una carezza, una biglia fosforescente, un invito per giocare insieme a rubabandiera, presto.

Ma lei non li vedeva nemmeno.

Si sentiva troppo abbandonata.

Troppo sola.

Troppo bucata nel cuore.

Così, nel bel mezzo della cerimonia, quando il Re prese la parola per ringraziare il suo popolo, Qualcosa di Troppo ne approfittò.

E fuggì via, con le sue gambe troppo veloci, via, via da tutta quella gente che era sì tantissima, ma anche pochissima e inutile e cattiva, se là in mezzo sua madre non c'era.

Camminò e camminò, attorno al castello e per le strade del regno.

Si tuffò nei ruscelli, rotolò per le colline.

Nessuno, neanche Qualcuno di Importante, rapito dal dispiacere e dalla baraonda del funerale, si sarebbe accorto della sua scomparsa, almeno fino al giorno dopo.

Qualcosa di Troppo doveva approfittarne!

Doveva correre, nuotare, urlare, ancora correre, ancora nuotare, ancora urlare.

Doveva trovare un modo per liberarsi di quel buco.

Una soluzione.

Perché faceva troppo, troppo male, il buco.

Anzi, no! Peggio!

Il buco… non faceva niente.

Quel buco non le faceva niente ed era questo – questo! – a spaventarla.

Proprio lei, che sentiva sempre troppo.

Adesso non sentiva più niente.

Niente!

«Sì? Chi è che rompe? Cosa succede?» Da una siepe, all'improvviso, sbucò lui.

La più strana creatura che Qualcosa di Troppo avesse mai incontrato.

Pareva un bambino, ma era un vecchietto.

O forse pareva un vecchietto, ma era un bambino?

Aveva pochi ciuffi di capelli sparsi qua e là per la testa, un paio di occhialetti tondi e sporchissimi sotto cui si in-travedevano un occhio verde e uno marrone, e indosso quella che pareva una camiciola azzurra, ma che a guardarla bene era un grande sacco per l'immondizia da cui spuntavano le braccia e le gambette, secche secche.

«E chi saresti tu?» chiese Qualcosa di Troppo.

«Io? Ma se mi stavi chiamando! Chi saresti tu, invece, che ti sei permessa di disturbare la cosa importantissima che non stavo facendo?»

«Come si fa a NON fare una cosa importantissima?» Qualcosa di Troppo cominciava a innervosirsi: ma che voleva quel tipo assurdo? Lei doveva occuparsi del suo buco nel cuore, mica delle fantasie di uno sbandato!

«Io lo faccio in continuazione. Ogni giorno NON faccio mille e mille cose importantissime. Perché, tu no?»

«No, io no. E comunque, per cortesia, adesso lasciami in pace.»

«Prima mi chiami e poi mi preghi di lasciarti in pace? Maleducata di una ragazzina!»

«Come faccio ad averti chiamato, se non ti conosco nemmeno?»

«Bugiarda di una ragazzina, stavi urlando il mio nome!»

«Il tuo nome?»

«Niente! Io sono il Cavalier Niente!»

«E io sono la Principessa Qualcosa di Troppo! E stavo urlando perché ho il cuore bucato e non sento più NIENTE! Chi se ne importa di te!»

E, come per incanto, finalmente successe.

Qualcosa di Troppo scoppiò in lacrime.

Pianse perché le mancava la mamma, pianse perché anche il papà d'ora in poi non sarebbe più stato lo stesso, e lei lo sapeva, pianse perché nessuno dei Ragazzini Abbastanza che c'erano al funerale era davvero suo amico, pianse tutto quello che da quando la Regina si era ammalata non aveva pianto e le era rimasto in gola, bloccato fra gli occhi e quel cuore bucato.

Pianse tantissimo, pianse a modo suo: troppo.

In piedi, davanti a quello sconosciuto, a quello sconclusionato cavaliere che la fissava, zitto, con il suo occhio verde e il suo occhio marrone sbarrati.

Pianse mentre l'aria si faceva viola e calava la notte, pianse in faccia alla luna, pianse fino a quando l'alba non si mise a sgomitare e fu di nuovo giorno.

A quel punto le gambe cominciarono a tremarle per la stanchezza e cadde in ginocchio.

Ma continuò a piangere. Fino a quando il pomeriggio si gonfiò per diventare sera.

Allora, solo allora, il Cavalier Niente, che era sempre rimasto lì, vicino a lei, immobile come un palo storto, si sfregò su una manica del sacco dell'immondizia le lenti degli occhialetti, per dargli una pulita. Se li rimise sul naso più sporchi di prima e disse: «Ora basta, però. Sono esattamente ventiquattr'ore che piangi, lo sai?»

Qualcosa di Troppo non gli rispose e prese anzi a singhiozzare ancora più forte.

«Basta!» alzò allora la voce il Cavaliere. «Hai pianto per una giornata intera! Non ne hai abbastanza?»

«Non ne ho MAI abbastanza, io purtroppo sono fatta così!» strillò Qualcosa di Troppo, fra il moccio e le lacrime che scendevano e scendevano. «Sto male! Sto TROPPO male! Ho un buco! Un buco al posto del cuore!»

Il Cavalier Niente fece un lungo sospiro.

Poi incrociò le braccia, incrociò le gambe e si accartoc-
ciò a terra, accanto a lei.

Strappò un filo d'erba.

E?

Che cosa fece?

Se lo portò alle labbra e prese a fischiettare!

A fischiettare, sì!

E più Qualcosa di Troppo si disperava, più lui fischiet-
tava. Con il suo filo d'erba, gli occhi rivolti al cielo, l'aria
beata.

Uno dei due, prima o poi, doveva smetterla.

Ma il Cavalier Niente pareva fischiettare con tanto gusto!

E Qualcosa di Troppo piangeva ormai da trentadue ore.
Così fu lei a cedere.

Per la prima volta nella sua vita.

Diede uno spintone al Cavaliere, che finì a gambe all'aria.

«Sei impazzita, Principessina?» stralunò lui.

«Come ti permetti di fischiettare mentre io piango?»
sbraitò lei.

«Come ti permetti tu, di continuare a frignare, mentre
io fischietto?»

«Lo vuoi capire o no che mi è successo qualcosa di brutto, di troppo brutto?»

«L'ho capito, certo che l'ho capito.»

«Allora lasciami piangere quanto mi pare.» Qualcosa di

Troppo stava per ricominciare, ma il Cavalier Niente le strinse il naso con il pollice e l'indice.

«E no, Principessina! Chiudiamo i rubinetti, per favore! Io non posso immaginare che guaio ti sia successo, ma se è davvero qualcosa di così brutto, di così troppo brutto, come dici tu... non ti sembra ovvio avere il cuore a groviera, scusa?»

«Ma io non sento NIENTE!»

«Non è la peggiore delle sensazioni, te lo assicuro.»

«Che significa?» chiese Qualcosa di Troppo. Ma per via del naso tappato le uscì una vocetta spiegazzata. E il Cavalier Niente scoppiò in una risata fragorosa e maleducata.

«Ridi, adesso? Non hai proprio nessun rispetto!» La Principessa si divincolò dalla morsa al naso e si rialzò in piedi.

«La tua voce era molto, mooolto divertente!» Il Cavaliere si teneva la pancia dalle risate.

«Ma io sto troppo male!» urlò lei.

«E comunque la tua voce era divertente!» disse lui.

«Quindi sopporta quel buco, adesso, ma ricorda che non sei solo una ragazzina che sta troppo male. Sei anche una ragazzina divertente, per dirne una. E sono sicuro che sai fare e non-fare moltissime altre cose, oltre a piangere.»

«Non è vero. Io non so non-fare niente, anzi, non so proprio come si faccia a non-fare qualcosa! E comunque so solo piangere, voglio solo piangere.» Qualcosa di Troppo si mise le mani sui fianchi. «È chiaro?»

Il Cavalier Niente non riuscì a trattenere un grosso sbadiglio: «Senti, Principessina. Immagino tu sia dovuta scappare dal tuo castello, per arrivare fino a qui... Ma perché vuoi che tutti stiano in pena per te? Non mi dirai che, da vera principessina viziata, sotto sotto ti piace attirare l'attenzione...»

Qualcosa di Troppo continuava a tirare su col naso, ma adesso pareva ascoltarlo.

Il Cavaliere proseguì: «Dai, smettila con questa lagna. Ce li avrai dei genitori, no? Fallo anche per loro, poveracci, se non riesci a farlo per chi, come me, prima di avere la sciagura di incontrarti se ne stava in pace a non-fare le sue cose. Sopporta il buco, ripeto: quando succedono cose troppo brutte ci mettiamo un po' ad accettarle, tanto che all'inizio non ci sembrano nemmeno vere. E, mentre la testa prende tempo per capirle, il cuore ci diventa un pezzo di groviera. Quindi non lo odiare, il tuo buco, accarezzalo ogni tanto, ma non ti ci affezionare troppo. Altrimenti non passerà mai».

Al solo sentire pronunciare la parola *genitori*, all'inizio di quel lungo, strano discorso, la Principessa aveva ripreso a piangere: «Infatti è così. Non passerà mai questo buco, perché è TROPPO, troppo grande».

«Uffa» sbuffò il Cavalier Niente. Di nuovo si pulì gli occhiali su una manica, di nuovo se li infilò sempre più sporchi. «Per l'ultima volta, Principessina: se lascerai stare il buco e lo accetterai senza tanti starnazzi, vedrai che entro un anno si restringerà da solo e diventerà addirittura qualcosa di prezioso da avere dentro di te, come… come un passaggio segreto, ecco. E poi magari di nuovo si allargherà e di nuovo si restringerà, perché i buchi che abbiamo nel cuore fanno così. Ma tutto passa, ragazzina.» Si sdraiò, incrociò le mani dietro la testa e riprese a fischiettare. «Tutto passa. E ora fammi tornare alle cose che ho da non-fare e levati di torno, grazie.»

«Sei un mostro!» urlò Qualcosa di Troppo. E corse via. Destinazione castello.

Rotolarono i giorni, lunedì martedì mercoledì.
Rotolarono i mesi, settembre ottobre…
E rotolò un anno dalla scomparsa di Una di Noi.

Qualcuno di Importante, oltre alla sua sposa, aveva perso i piccoli fuochi che gli erano sempre brillati negli occhi. Ce li aveva tristi e spenti, adesso, quegli occhi. Si trascinava per le stanze del castello e per le strade del regno come fosse invecchiato, anziché di un anno, di cento.

Continuava a essere gentile con la servitù e a dimostrarsi magnanimo con il suo popolo. Ma a tutti mancavano le decisioni coraggiose, le idee geniali del Re, il suo impegno continuo per aiutare i più deboli e l'abbraccio caldo della sua intelligenza.

Anche con la figlia rimaneva amorevole e generoso, ma aveva la testa lontana, persa nel Chissà Dove, e non riusciva più a starle dietro come aveva fatto fino ad allora, cercando di rincorrerla e di comprendere tutto il troppo che la agitava.

Dal canto suo, Qualcosa di Troppo era invece tornata quella di sempre.

Ma ci aveva messo un bel po'.

Scesa dalla collina, raggiunto il castello, si era barricata nella stalla e aveva continuato a piangere, finalmente libera di farlo, per una settimana. A quel punto era uscita, con gli occhi troppo grandi e troppo gialli accesi, perché fra le balle di fieno aveva fatto un sogno meraviglioso, un sogno dove sua mamma non era morta, no no: aveva solo fatto uno scherzo e si era nascosta da qualche parte! Così si era messa a cercarla, emozionata e decisa, anche se la povera tata la implorava di lasciare stare quella fantasia pericolosa, perché la Regina, purtroppo, non poteva che essere lì…, e alzava il dito verso le nuvole.

Ma Qualcosa di Troppo continuava a chiamarla: «Mamma! Dove sei? Mamma!» e a controllare dietro a ogni porta del castello, nella serra, in ogni cantina, sperando che prima o poi la Regina facesse capolino dal suo nascondiglio e sorridesse come sapeva sorridere lei. Finché, al dodicesimo giorno, fu Qualcuno di Importante a interrompere quella matta caccia senza tesoro.

«Figlia mia, purtroppo non possiamo fare finta che non sia successo quello che è successo» le disse. La prese per mano e la portò dove Una di Noi era stata sepolta, in quell'angolo lontano dei giardini del castello circondato dai girasoli e protetto dai pettirossi. «La mamma è qui, adesso. E l'unico posto dove puoi ancora trovarla è il tuo cuore.»

Ma Qualcosa di Troppo, quel cuore, ce l'aveva bucato. Allora si barricò di nuovo nella stalla, ma solo fino alla mattina dopo. Quando si svegliò, tornò al castello e, per la prima volta da quando la Regina non c'era più, si fece un lungo bagno troppo caldo e troppo profumato e si cambiò la maglietta troppo sporca di terra e di moccio.

Qual era il suo piano? Era sempre quello di trovare la Regina, ma non più nel castello: nel suo cuore, come le aveva suggerito di fare il papà.

Perché fosse possibile, però, il cuore andava riparato, e in fretta!

Sennò come avrebbe fatto la mamma a entrarci?

Se il cuore è bucato non può ospitare nessuno! Ovvio!

Da quel momento, dunque, Qualcosa di Troppo si impegnò a riempire quel buco.

Ci infilò dentro mille e mille partite di rubabandiera con la tata o con le cuoche o con chiunque avesse la sfortuna di attraversare il cortile dove giocava.

Ci infilò dentro pattinate a perdifiato per le strade del regno, si fece costruire da un inventore un paracadute con le lenzuola della Regina per buttarsi dalla torre del castello e galleggiare nell'aria. Leggeva leggeva leggeva: tutti i libri di storia dell'immensa biblioteca del padre, i romanzetti d'amore che la tata nascondeva sotto il cuscino, manuali di cucina eschimese, di uncinetto su legno.

Pretese un insegnante di greco, uno di russo e uno di giapponese.

Una maestra di danza classica e una di pianoforte.

L'importante era riempire riempire riempire.

Le sue giornate e il cuore.

Ma la Principessa, poveretta, sapeva riempire solo a modo suo: troppo.

Così, da un cuore bucato, si ritrovò un cuore che rischiava di scoppiare per le troppe cose che c'erano dentro. Eppure, fra tutte quelle cose, l'unica a non fare mai capolino era la Regina.

«Papà, ma davvero nel tuo cuore la mamma ti viene a trovare?» chiese, allora, a Qualcuno di Importante.

«Certo, figlia mia. Ogni mattina prima di svegliarmi e ogni notte, appena mi addormento, io riesco a vederla» rispose lui.

A letto, quella sera, Qualcosa di Troppo ci pensò e ripensò.

Finché ebbe un sospetto.

«... e se il mio cuore non fosse affatto riparato, ma fosse solo troppo, troppo pieno e proprio per questo mamma non trovasse più lo spazio per entrare?

«Allora: che cosa? Che cosa devo fare per incontrarla anch'io, come fa papà? Ho lottato con questo maledetto buco fino a ingozzarmi il cuore... Perché? Perché questo maledetto cuore ancora non mi si ripara?»

Perché, quando succedono cose troppo brutte, ci mettiamo un po' ad accettarle, tanto che all'inizio non ci sembrano nemmeno vere. E mentre la testa prende tempo per capirle, il cuore ci diventa un pezzo di groviera. È così che succede.

Non c'era nessuno con lei, in quella stanza. Eppure, magia di certe notti, qualcuno aveva parlato. E proseguì:

Ce li avrai dei genitori, no? Fallo anche per loro. Sopporta il buco. Non lo odiare, accarezzalo ogni tanto, ma non ti ci affezionare troppo. Altrimenti non passerà mai.

Da quando l'aveva incontrato, Qualcosa di Troppo non aveva mai, mai più dedicato neanche un pensiero all'orribile Cavalier Niente che proprio nel giorno più brutto della sua vita si era messo a fischiettare e aveva sparato tutte quelle sciocchezze incomprensibili. Se le si affacciava alla mente, lo scacciava subito, come si fa con una zanzara molesta. Finché, in breve, si era completamente dimenticata di lui.

Adesso però erano sue, erano le parole del Cavalier Niente che le tornavano alle orecchie.

Ce li avrai dei genitori, no?, le aveva chiesto.

Lei non aveva risposto, perché una mamma non ce l'aveva più, era quello il punto. E il Cavalier Niente era andato avanti: *Fallo anche per loro. Sopporta il buco.*

E poi aveva aggiunto: *Se lascerai stare il buco e lo accetterai senza tanti starnazzi, vedrai che entro un anno si restringerà da solo e diventerà addirittura qualcosa di prezioso da avere dentro di te, come… come un passaggio segreto.*

E se quell'odioso Cavaliere avesse ragione?

Qualcosa di Troppo, ormai, aveva ben poco da perdere: così, passata la notte, decise di provarci.

Non sapeva bene che cosa fare, ma tornarono a trovarla anche tutte le altre parole del Cavalier Niente. *Ogni giorno NON-faccio mille e mille cose importantissime. Perché, tu no?*

No, lei no: lei, da quando era bambina, aveva sempre bisogno di fare tantissime cose importanti. Troppe.

Ma forse, per permettere a quel benedetto buco di restringersi da solo, ora doveva sforzarsi e fare come il Cavaliere!

Anzi, non-fare!

Da dove partire?

Dalla lezione di hip hop che avrebbe avuto nel pomeriggio, buona idea! Quando la maestra arrivò, Qualcosa di Troppo finse di avere un brutto mal di testa che le impediva di ballare.

Rimasta sola, le tremò il mento e le venne da ricominciare a piangere: ma anche quello era fare qualcosa! Dunque ricacciò indietro le lacrime e passeggiò attorno al castello. I piedi fremevano, avevano una voglia pazza di correre. Ma Qualcosa di Troppo, con grande fatica, li teneva a bada. Un passo dopo l'altro. E poi un altro e un altro ancora. Piano piano, finché non raggiunse *quell*'angolo di giardino.

E lì si accucciò.

A respirare l'odore della terra.

Dei girasoli.

Ad ascoltare il *pipipì* dei pettirossi.

A respirare l'odore dei girasoli.

Della terra.

Ad ascoltare il *pipipì* dei pettirossi.

A non-fare.

Però.

Però.

Però le prudevano le mani: era così difficile tenerle ferme!

E i pensieri, nella testa, si rincorrevano matti: impossibile farli stare buoni.

La tentazione di cogliere quei girasoli e costruire una corona, un ponticello, qualcosa di nuovo, di troppo nuovo, era fortissima.

Fortissimo il bisogno di spaventare i pettirossi, farli scappare e poi giocare a rubabandiera con loro!

Che cosa avrebbe fatto, al posto suo, il Cavalier Niente, per non-fare tutte queste cose?

Forse…

Ma sì!

Sì!

Qualcosa di Troppo fischiettò fino al calare della sera.
Poi si riavviò verso il castello, un passo dopo l'altro.
Piano. Piano.

A cena con suo padre, si morse la lingua per non fare
troppe domande, non mangiare troppo, come aveva fatto sempre, ma nemmeno troppo poco come negli ultimi
mesi.

E, una volta a letto, stanca com'era per tutto quello che
non aveva fatto, posata la testa sul cuscino si addormentò
subito.

Sì!

Qualcosa di Troppo si svegliò felice di essere nata, come da tanto, troppo tempo non capitava più.

Sì sì sì!

Ce l'aveva fatta!

Finalmente sua mamma era venuta a trovarla!

Saltò fuori dal letto, corse su e giù per le scale del castello, dieci, mille volte, per raccontare a tutti che cosa le era successo, poi uscì in giardino a piedi scalzi, per raccontarlo anche agli alberi, ai girasoli e ai pettirossi che proteggevano la Regina.

«SONO TROPPO FELICE!!!»

urlava, con quel cuore prima troppo bucato, poi troppo pieno, ora semplicemente aperto, leggero come una pallina da ping pong, pronto per tornare quello di sempre, alla ricerca di troppa attenzione, troppe avventure, troppi colori. Senza pensarci un istante, e sempre scalza, la Principessa si lanciò verso la collina dove un anno prima aveva incontrato il Cavalier Niente.

Voleva ringraziarlo, raccontargli il sogno e fargli mille domande.

«Niente! Cavalier Niente!» urlava. «Cavaliere! Dove sei?» Frugò nella siepe da cui l'aveva visto sbucare.

Ma: «Principessina, buongiorno» sentì alle sue spalle.

Si girò e se lo trovò davanti, identico a come l'aveva lasciato. Stessi occhialetti sporchi, stessi occhi, uno verde e uno marrone, stesso sacco dell'immondizia.

«Cavalier Niente!» Qualcosa di Troppo gli buttò le braccia al collo.

Lui si divincolò, come se l'avesse morso un serpente: «Che ti è preso, piccoletta? Io non le sopporto, 'ste smancerie».

Qualcosa di Troppo non si fece intimidire e iniziò allora a saltargli attorno: «Grazie a te, stanotte ho incontrato mia mamma! Un anno fa, quando ci siamo conosciuti, lei era appena morta, ecco perché stavo così male, così troppo male».

«Oh» disse il Cavalier Niente, abbassando lo sguardo. «Non immaginavo che fosse successa una cosa tanto grave. Mi spiace: se avessi saputo sarei stato più gentile con te. Magari non ci sarei riuscito, eh. Ma almeno ci avrei provato.»

«Non ti preoccupare, non ti preoccupare: oggi sono felice! Sono troppo felice! E solo per merito tuo.»

«Per merito mio?» Il Cavaliere si sfilò gli occhialetti, li sfregò su una manica e, come al solito, se li infilò più sporchi di prima.

«Sì! Sì, sì! Ho seguito i tuoi consigli! Non ho fatto più NIENTE, più nessuno starnazzo! E il buco si è trasformato in un passaggio segreto, mia mamma l'ha attraversato e così ho potuto rivederla!» La Principessa prese fra le sue le mani lunghe e magre del Cavaliere e lo travolse in un girotondo pazzo e veloce, sempre più veloce.

«Ma adesso devi insegnarmi tante cose, troppe cose! Me le insegnerai, vero?» chiese Qualcosa di Troppo.

«Mi dispiace, Principessina, ma io non ho proprio nessunissima cosa da insegnare» rispose il Cavaliere. «Invece sì, ce l'hai!» puntò i piedi Qualcosa di Troppo. «No che non ce l'ho.» Il Cavaliere le mostrò i palmi delle mani magre e allargò le braccia. «Ho solo le mie mani vuote.» Qualcosa di Troppo approfittò di quelle braccia spalancate e ci si tuffò dentro. «Adesso non saranno più vuote! Da oggi diventerai il mio migliore amico, Cavalier Niente. E io diventerò la tua migliore amica.»

Il Cavaliere si divincolò di nuovo dall'abbraccio, infastidito: «Ti ripeto che non mi piacciono le smancerie, Principessina. E poi un'amica fedele io già ce l'ho: è Madama Noia. Non mi stanco mai di stare assieme a lei. È così sorprendente... Ma fra gli esserucci umani no no, per carità. Non ho mai avuto un amico».

«Neanch'io! Quindi è bello, è troppo bello esserci incontrati, no?»

«No. Perché io non ho bisogno di amici. Sono solo perdite di tempo che ti distraggono dall'unica cosa che conta nella vita.»

«E quale sarebbe questa cosa?»

«È il dolce far niente.»

E il Cavaliere si sdraiò a terra, stiracchiò le braccia e le gambette secche e, come un anno prima, prese a fischiettare. Ma stavolta Qualcosa di Troppo gli si sdraiò accanto. E si mise a fischiettare assieme a lui.

Fischiettando fischiettando, arrivò per Qualcosa di Troppo l'ora di tornare al castello.

Salutò il Cavaliere con un bel bacio con lo schiocco.

E il giorno dopo tornò a trovarlo.

Il giorno dopo ancora.

E ancora.

Qualcosa di Troppo saliva fino alla collina, lo chiamava con la sua voce troppo alta e, dopo pochi istanti, da una siepe, dal tronco cavo di un albero o dalle sue spalle, il Cavalier Niente sbucava fuori.

Si buttavano a terra e fischiettavano, per ore.

Oppure contavano gli aghi di un pino.

Sfregavano e sfregavano le lenti degli occhialetti del Cavaliere sulle maniche di tutti e due: ma non riuscivano a pulirle mai.

Scavavano una buca solo per poi riempirla di nuovo di terra.

Si mettevano in fila dietro a una comitiva di lumache.

Osservavano i capricci della nebbia.

Non-facevano, insomma, un mondo di cose.

E sempre con grande, grandissima attenzione.

Il Cavalier Niente decideva che cosa non-fare e Qualcosa di Troppo non lo faceva assieme a lui.

Nel frattempo Madama Noia, senza mai mostrarsi, vegliava su di loro.

«Perché non si presenta mai, 'sta Madama?» chiedeva, almeno una volta al giorno, Qualcosa di Troppo.

«Perché lei non è un esseruccio umano come noi» rispondeva il Cavalier Niente.

«È un angelo?»

«Gli angeli mica esistono, Principessina!»

«E allora che cos'è?»

«Diciamo… Diciamo che è Qualcosa di cui Ci Possiamo Fidare.»

«Ecco perché ha il fiato che sa di ciclamino!» esclamava Qualcosa di Troppo.

E si abbandonava a Madama Noia che sembrava bloccare il tempo per loro, solo per loro, e gli soffiava alle spalle per suggerire scherzi, silenzi, nuove idee, silenzi, fantasie, silenzi.

«Cavaliere, ti immagini quanto saremmo assurdi se avessimo i denti al posto dei capelli e i capelli al posto dei denti?»

E il Cavaliere immaginava.

«Guarda! Quella nuvola ha la forma di un unicorno... è bellissima!»

«E chi se ne frega. La nuvola in quanto nuvola è solo una polpetta di vapore!» borbottava lui. «Raccontami piuttosto quale potrebbe essere la storia dell'unicorno, secondo te. Questo sì che mi interessa.»

E la Principessina inventava la storia dell'unicorno-nuvola e il Cavalier Niente chiudeva gli occhi e ascoltava.

Erano giorni così vuoti. Erano giorni così pieni.

Ricamavano storielle, si chiedevano cosa mai potesse esserci al di là del cielo. Forse era lì che cominciava un altro pianeta, con esserucci umani che avevano i denti al posto dei capelli? O, magari, al di là del cielo c'era solo un altro cielo, però verde? Forse giallo?

Cose così.

Parlavano e parlavano, ma mai di nulla che esistesse veramente.

Inventavano tutto loro.

La forma delle nuvole, dei tronchi, i perché, i percome. Il tempo.

E intanto, ogni notte dopo essersi addormentata e ogni mattina prima di svegliarsi, la Principessa sentiva affondare una mano calda fra i capelli e sapeva di chi era: era la mano della Regina.

E, anche se sua mamma non c'era più, ormai le sembrava che fosse sempre con lei.

Le giornate dunque passavano, come una canzone piena di ritornelli.

La tata, le cuoche e tutti gli abitanti si rallegravano di vedere Qualcosa di Troppo sorridere. Si sarebbe detto proprio che la Principessa stava benone, meglio che mai, ma… Ma era così cambiata!

Da settimane, ormai, mangiava e se ne andava a dormire buona buona.

Non aveva mai troppa fame, né troppa sete.

Non aveva troppa voglia di giocare, troppo bisogno di piangere, di ridere, troppa fretta, troppe cose da chiedere o da raccontare.

Se ne stava zitta nella sua stanza e riempiva pagine e pagine di un misterioso quaderno.

Ogni mattina, poi, usciva dal castello e, prima che calasse la sera, rientrava fischiettando sempre la stessa canzonetta… Proprio come fosse diventata una Ragazzina Abbastanza come tutti gli altri!

«Forse è cresciuta!» diceva la tata.

«Secondo me ci sta solo preparando uno scherzo dei suoi…» diceva una delle cuoche.

«E se fosse… impazzita?» diceva un'altra cuoca.

La verità è che Qualcosa di Troppo non era né cresciuta né impazzita e non stava preparando nessuno scherzo.

Si stava semplicemente e finalmente annoiando. Aveva scoperto che non-fare le riusciva benissimo.

E tutte le storielle che inventava sulla collina, grazie a Madama Noia, le galleggiavano per la testa anche quando tornava al castello e la incantavano più di qualsiasi partita a rubabandiera: così, ogni sera, le trascriveva sul suo quaderno per non perderle.

Ma, soprattutto, c'era una grande, grandissima novità. La Principessa aveva trovato un amico.

E l'amicizia era una cosa più stupefacente della luna piena, più favolosa del Natale!

Era luna piena e Natale insieme!

Era Capodanno e primo giorno d'estate!

Anche se con il Cavalier Niente questo era un argomento di cui era meglio non parlare.

«Cavaliere... per te sono strana?» gli aveva chiesto, un giorno, a fior di labbra.

«Tutti siamo strani. Pensa solo che stiamo in equilibrio su una palla gigante senza battere ciglio, ci puzzano i piedi e facciamo con grande naturalezza una cosa come la cacca, con tutto quel calarci le brache, quel piegare le ginocchia... Perché mi fai questa domanda?»

«Perché per i Ragazzini Abbastanza invece io sono strana e per questo non gli sono mai piaciuta» gli aveva confidato.

«Chi sarebbero i Ragazzini Abbastanza?»

«Sono quelli… normali.»

«Che cosa vuol dire *normali*?» stralunò il Cavalier Niente «Non fanno la cacca? Non gli puzzano i piedi?» e si grattò la testa spelacchiata: non capiva.

«Vuol dire che loro non piangono troppo, non ridono troppo, non desiderano troppo…»

«E non rompono troppo?» l'aveva interrotta il Cavaliere.

«Certo: i Ragazzini Abbastanza non rompono mai troppo.»

«Allora sono molto, molto meglio di te, Principessina!» aveva esclamato il Cavaliere, scoppiando in una delle sue risate maleducate.

Qualcosa di Troppo, però, sempre pronta a ridere con lui, stavolta si era rabbuiata: «Infatti è vero, sono molto, molto meglio di me i Ragazzini Abbastanza. Ecco perché mi hanno sempre tenuta lontana».

«Ma che sciocchezze dici?» Il Cavaliere era balzato in piedi. «Nessuno è migliore di nessuno, siamo tutti delle mezze schifezze con i piedi puzzolenti e proprio per questo ci conviene non farci la guerra a vicenda e lasciarci in pace.»

«Non è vero» aveva detto Qualcosa di Troppo. «Tu non sei una mezza schifezza e grazie a te neanch'io mi sento più una mezza schifezza.»

«Mezza schifezza più mezza schifezza uguale una schifezza!» aveva ribattuto il Cavaliere.

«Mezza schifezza più mezza schifezza uguale amicizia!» aveva replicato Qualcosa di Troppo.

«L'amicizia non esiste.» Il Cavalier Niente era tornato a sdraiarsi al sole come una lucertola, si era sfregato gli occhialetti su una manica e aveva ripreso: «Perché niente esiste. Ci diamo tante arie, noi esserucci umani, come se fossimo i primi a venire al mondo e gli ultimi che se ne vanno. Invece non è neanche certo che siamo qui».

«Ma come? Io sono certa, troppo certa, di essere qui. Con te. Su questa collina.»

«La collina nemmeno sa chi siamo, Principessina. E per questo motivo noi potremmo essere qui, ma anche non esserci. Tutto il nostro affannarci, correre, piangere… è inutile, è ridicolo. Provaci e guarda: guardaci come ci guarderebbe la collina.»

Qualcosa di Troppo aveva chiuso gli occhi. Aveva immaginato di trasformarsi in qualcosa di enorme, ricoperto di boschi, attraversato da sentieri e ruscelli, abitato da mille scoiattoli e cinghiali, baciato dal sole o tormentato dagli acquazzoni.

Poi aveva riaperto gli occhi.

«Allora?» le aveva chiesto il Cavaliere.

«In effetti, per la collina siamo cosini minuscoli, più piccoli di come possono essere per noi due moscerini. Siamo due mezze schifezze, insomma» aveva ammesso Qualcosa di Troppo.

«E figurati se un moscerino può preoccuparsi di essere considerato strano da un altro moscerino. O se fra due

moscerini può esistere davvero quello che tu, dandoti troppa importanza, chiami amicizia. Quindi ti prego di non usare più questa parolona bugiarda, Principessina. E ora, su, finiamola con queste chiacchiere intelligenti, godiamoci la nostra infinita piccolezza rispetto alla collina, stiamocene buoni e non-facciamo qualcosa di bello.»

Da quel giorno, quindi, Qualcosa di Troppo non aveva più pronunciato quella parolona, ma solo per farlo contento, perché per lei la collina poteva pensarla come le pareva: il Cavalier Niente rimaneva comunque il suo primo, vero amico.

Ecco perché, al castello, tutti la vedevano diversa.

Ed ecco perché, qualsiasi cosa il Cavaliere le proponesse di non-fare, lei lo seguiva fiduciosa e non aspettava altro che di non-farla con lui.

Anche se.

Anche se, ogni tanto, davanti a un tramonto perfettamente riuscito, le sarebbe piaciuto fare come un tempo e ballare un tip tap per festeggiare il sole.

Se dopo un acquazzone spuntava un arcobaleno, che voglia di correre per andare a vedere da vicino quel prodigio e cercare il punto esatto della vallata dove l'arco colorato affondava!

«Guarda che tramonto troppo fantastico...» diceva al Cavalier Niente.

«Bah. Il sole sorge e il sole tramonta: non deve fare altro, non mi sembra un grande merito» rispondeva lui. «Un arcobaleno!» strillava Qualcosa di Troppo. «Non ti scaldare, è solo un'illusione! È un trucco da quattro soldi che la luce e l'acqua fanno agli allocchi come te» borbottava il Cavalier Niente. «Inventa tu una storiella su quell'arcobaleno e allora sì che avrà senso parlarne.» E Qualcosa di Troppo inventava.

Poi, sempre protetti da Madama Noia, il Cavalier Niente si metteva a fischiettare e Qualcosa di Troppo sentiva salire nel suo cuore troppo grande, agitato e ricucito, una specie di pace.

Finché non arrivò il giorno del suo quindicesimo compleanno.

Una festa!

Immensa!

Qualcuno di Importante, stavolta, voleva proprio esagerare: aveva convocato nel regno i giocolieri più abili del mondo, cavallini dalla Mongolia e scimmiette dall'Africa Nera!

Quindicimila lucciole, scesa la notte, sarebbero state liberate e avrebbero sfidato le stelle.

Da troppo tempo, infatti, la nostalgia per la Regina aveva allontanato il Re da tutto, anche dalla sua unica figlia: questa era l'occasione giusta per ricordarle quanto l'amava e per dimostrare a tutto il popolo che il loro sovrano era finalmente uscito dal pozzo scuro scuro in cui sembrava precipitato.

«Cavalier Niente! Cavalier Niente!» chiamava, trafelata, Qualcosa di Troppo, correndo su per la collina.

Il Cavaliere, stavolta, sbucò da dietro un masso, con gli occhialetti storti che gli traballavano sul naso e gli occhi sporchi di sonno.

«Che succede, Principessina, che cos'è tutta questa ridicola agitazione?»

«Stasera ci sarà una festa immensa!» urlò lei, con il fiato ancora spezzato in gola.

«E a noi che ce ne importa?» chiese lui. E sbadigliò. «Fammi tornare a dormire un altro po' e ti prometto che non-faremo qualcosa di bello insieme. Ma adesso fai la brava, su.»

«È il mio compleanno, Cavalier Niente!»

«E allora?»

«È un giorno troppo speciale!»

«Perché? Quello che rende simpatici i giorni è proprio che sono tutti, tutti uguali l'uno all'altro.» E fece per tornare dietro al masso.

Ma stavolta Qualcosa di Troppo era troppo eccitata.

Troppo su di giri per la festa che la aspettava.

«Non è vero! Questo è un giorno diverso e infatti mio padre ha organizzato qualcosa di sensazionale! Ci saranno i cavallini, le scimmiette! Quindicimila lucciole!»

Il Cavalier Niente le si avvicinò, sollevò gli occhialetti sulla fronte e la scrutò occhi negli occhi: «Che ti prende, Principessina? Hai la febbre? Stai delirando, forse?»

«Sono solo troppo emozionata per la mia festa!» esclamò Qualcosa di Troppo. «Sarà bellissima!»

«Bellissima?» Il Cavalier Niente stralunava. «Inutile, vorrai dire. Una volta che le scimmiette e i cavallini torneranno da dove sono venuti, che cosa rimarrà in tasca a te? Niente! Il solito, meraviglioso niente! E allora perché farli scomodare?»

«Per passare una serata troppo magica! Dove tu devi esserci, devi!»

«Io?!» Il Cavaliere scoppiò nella più fragorosa e maleducata delle sue risate.

«Tu. Certo.» Qualcosa di Troppo non si scompose. «Sei l'unico amico che ho e non puoi, proprio non puoi, mancare alla mia festa.»

«Senti, Principessina, forse c'è un equivoco fra noi. Se ti va di tenermi compagnia mentre non-faccio le mie cose, per me va bene. Ma nessuno può e potrà mai distrarmi dall'unica cosa che conta per me e che è...»

«Il dolce far niente.» Qualcosa di Troppo terminò la frase per lui, sbuffando.

«Esatto. Credevo che anche tu la pensassi come me.»

«Ma io...»

«Credevo che non sopportassi più le sciocchezze con cui gli esserucci umani si affollano la vita perché non hanno il coraggio di guardarsi con gli occhi della collina!»

«Però...» balbettò Qualcosa di Troppo. «Però... che male c'è, ogni tanto, a divertirsi un po', o magari troppo?»

«Io non mi diverto a divertirmi. Tutto qui.»

«E perché?»

«Perché anche quella è una fatica. E dopo un po' mi manca terribilmente Madama Noia. Già mi immagino tutte le preoccupazioni di chi la sta organizzando, questa benedetta festa, di chi penserà a lucidare il pelo dei cavallini, di chi si occuperà delle torte, delle lucciole... E per cosa?»

«Per fare felice me e tutti gli invitati!»

«Felice? Il momento più felice di ogni festa è quando tutti se ne sono andati e ognuno può tornare alle cose che non ha da fare. Sbaglio, Principessina?»

Qualcosa di Troppo ripensò alle poche feste dei Ragazzini Abbastanza a cui aveva partecipato: prima di andare, il cuore le saltava fuori dal petto per la gioia dell'attesa. Una volta lì, però, si era sempre sentita fuori posto e le pareva che la musica suonasse per tutti, ma non per lei, e che gli altri invitati si dimenassero sulla pista da ballo, si agitassero attorno ai fuochi d'artificio, ma sotto sotto, al momento di salutarsi, fossero anche loro in un certo senso… sollevati.

«E allora perché si farebbero le feste, secondo te?»

«Perché nessuno ha il coraggio di guardarsi con gli occhi della collina, te lo ripeto. Tutti preferiscono, al contrario, sentirsi ancora più grandi della collina e credere che qualsiasi cosa li riguardi sia degna di interesse. Un mal di testa, una partita a rubabandiera, un'amicizia, per usare la parolona che ti è cara… L'importante però è che tocchi a loro, bada bene, Principessina: perché ogni delizioso esseruccio umano, dei mal di testa e delle partite a rubabandiera degli altri esserucci, il più delle volte se ne frega.»

«A me, se tu hai mal di testa, me ne frega. E me ne frega anche se vieni alla mia festa.» Qualcosa di Troppo non mollava.

«Principessina, apri bene le orecchie.» Si sfregò gli occhiali sulla manica, per sporcarseli meglio. «Io alla tua festa non verrò mai. Non mi mescolerò a esserucci umani piccoli piccoli, proprio come me e come te, e che però si credono più grandi della collina… Ma lo sai che hanno inventato anche delle macchinette per parlarsi fra loro da lontano e un modo pazzo per mettere in mostra dei ritratti che si fanno da soli e per scrivere ogni giorno le cretinerie che pensano e l'umore con cui si svegliano?»

Qualcosa di Troppo annuì: «Tutti hanno quelle macchinette, ormai, nel regno. E il modo per mettere in mostra i ritratti è soprattutto un modo per chiacchierare meglio e si chiama Smorfialibro. Basta appendere al davanzale un lenzuolo, disegnarci su la tua faccia e scrivere quello che ti pare. I Ragazzini Abbastanza non possono più stare senza».

Il Cavaliere si grattò le braccia, come in preda a un'improvvisa allergia: «Tu te la immagini la collina che prende e scrive su un lenzuolo, perché le altre colline lo leggano, che oggi è un po' melanconica e che domani invece sarà contenta perché va in vacanza o robe così? Mentre gli esserucci umani insistono. Parlano e parlano nelle loro macchinette. Che cosa si dicono? Puzza, fuffa, caramello mescolato al brodo di pollo, boh mescolato al boh!

Ma a loro invece sembrano cose fondamentali! E guai a
non-fare qualcosa! Guai a starsene per un po' da soli, in
santa pace, a respirare! Macché! Madama Noia per loro è
una strega, un mostro, è il demonio, *brr*! Li terrorizza! E

allora se ne stanno appiccicati, sempre appiccicati, a una cosa da dire, a una cosa da fare, disegnano le loro facce sulle lenzuola, spiano quelle degli altri o se ne vanno a una festa, anche se non vedono l'ora che finisca. E perché? Perché hanno paura di Madama Noia e hanno paura di quello che non-hanno nel cuore! Ma così, per loro, il buco non diventerà mai un passaggio segreto! E mentre si scapicollano e vogliono tutto, si perdono l'unica cosa che conta nella vita. E sai qual è?»

«Lo so, lo so qual è» rispose, con un filo di voce, la Principessa. Ma dentro di lei stava montando qualcosa che da tempo non montava più. Era una rabbia, ma non esattamente una rabbia. Era un desiderio, uno spavento, era un fuoco e un acquazzone: era… era *quella cosa*. Qualcosa di troppo. Le invase la testa, le braccia, i piedi, tutto. Le guance diventarono rosse come ciliegie.

Il Cavalier Niente la guardò allibito.

«Hai capito?» continuò Qualcosa di Troppo. «Io voglio che tu venga alla festa, perché anche se le altre feste sono sbagliate, questa sarà troppo giusta e troppo bella, perché sarà MIA!»

Il Cavaliere allora rise, ma non come faceva di solito. Rise a mezza bocca, rise triste. E disse: «Principessina, nell'esatto momento in cui ci sentiamo migliori degli altri, diventiamo uguali a loro».

Ma Qualcosa di Troppo ormai non lo stava più a sentire. Era troppo delusa. Troppo arrabbiata. Troppo triste.

«Io non-faccio tutto quello che vuoi tu, ogni giorno, da un anno. Questa è la prima cosa che ti prego di fare con me: se non verrai alla mia festa, non sarai mai più mio amico» sibilò, spalancando gli occhi gialli.

«Non sono mai stato tuo amico, dunque il problema non si pone» rispose il Cavaliere. E si sdraiò per terra, dandole le spalle.

Qualcosa di Troppo non riuscì a resistere: gli mollò un calcione negli stinchi.

E prima di fuggire via e tornare ai preparativi della sua festa, di quella che sarebbe stata una festa straordinaria, indimenticabile, strillò: «Rimarrai sempre il Niente che sei e non avrai mai, mai un amico a parte quella schifosa di Madama Noia che nemmeno esiste!» Poi scappò, rotolando giù per la collina.

E alle sue spalle sentì la voce del Cavalier Niente che pure, per la prima volta, strillava: «E tu rimarrai sempre Qualcosa di Troppo, e fanno bene i Ragazzini Abbastanza a starti lontano, perché sei solo una catastrofe per i poveracci che hanno la disgrazia di conoscerti!»

«Maledetto!» gli urlò la Principessa, dai piedi della collina. «Strapperò tutte, tutte le pagine dello stupido quaderno dove ho scritto le nostre stupide storielle!»

«Bugiarda!» le urlò lui, dalla cima. «Del dolce far niente non hai capito un accidenti, volevi solo un'altra delle tue avventure da principessina viziata, anzi troppo viziata, che sei! E adesso vai, vai, e dopo la tua festa troppo divertente

appendi un bel lenzuolo alla finestra e scrivici quanto ti sei divertita, mi raccomando!»

Dal giorno dopo la festa, Qualcosa di Troppo tornò alla sua vita, come se il Cavalier Niente non fosse mai esistito.

Riprese le lezioni di greco, di russo e di giapponese.

Ricominciò a ballare il tip tap davanti al tramonto e a costringere la tata e le cuoche a giocare a rubabandiera con lei.

Ma un tempo almeno sorrideva tanto, sorrideva troppo.

Oppure piangeva.

Mentre adesso aveva sempre in faccia la stessa espressione.

Un'espressione troppo grigia.

È che, senza Madama Noia che le proteggeva le spalle, non riusciva più a inventare nessuna storiella divertente che le facesse compagnia, quando rimaneva sola. Non le veniva in mente nessuna nuova teoria sull'al di là del cielo o sulle nuvole-animali.

Era come se la testa le si fosse svuotata: eppure era pienissima, ma solo di pensieri. Grigi e affilati, come era sempre più grigia e più affilata la sua faccia.

Così, facendo su e giù per le scale del castello, pensava, pensava, pensava troppo. E sempre al Cavaliere. Se l'avesse avuto davanti a sé, non si sarebbe certo accontentata di mollargli un solo calcio negli stinchi, gliene avrebbe tirati mille.

«Lo odio!» ruminava. «È solo un disgraziato, un buffone! Ha detto che sono una bugiarda, ma è lui, lui!, il vero bugiardo, perché non fa che ripetere che siamo tutti uguali e invece si sente il migliore del mondo, dall'alto del suo nulla! Che cos'avrà mai da insegnare, poi, uno che passa tutta la giornata a non-fare? Io non ce la facevo più a non-fare dietro a lui! Che spreco di tempo! Con tutte le avventure che il mondo può offrire!»

E finalmente erano di nuovo lì, quelle avventure, a sua disposizione, pronte per essere vissute. Ora, poi, aveva anche l'età giusta per quelle che da bambina le venivano negate!

Che liberazione, potere seguire Qualcuno di Importante nei suoi viaggi attorno al regno, anziché starsene tutto il pomeriggio a fischiettare con quel debosciato di un cavaliere!

Che ricchezza leggere in greco e in russo i più grandi capolavori del mondo: erano libri infiniti! Altro che le patetiche storielle che, per colpa di Madama Noia, era stata costretta a inventarsi!

Che meraviglia montare da sola il suo primo cervo e lanciarsi a perdifiato per le discese più pericolose, anziché sonnecchiare sulla collina e contare gli aghi dei pini!

Eppure, nonostante tutte queste nuove sfide, la sua faccia diventava ogni giorno più grigia.

Finché: «Figlia mia, forse hai bisogno di compagnia, non credi?» le disse Qualcuno di Importante, preoccupato. «Perché non appendi anche tu un lenzuolo alla finestra, per parlare con i Ragazzini Abbastanza della tua età?»

Certo! Come aveva fatto a non pensarci prima?

Per seguire il consiglio del padre, ma soprattutto per fare un dispetto al Cavalier Niente, Qualcosa di Troppo, quel giorno stesso, stese un bel lenzuolo al suo davanzale.

Olé, adesso era anche lei su Smorfialibro.

Che divertimento farsi dieci, cento ritratti da sola e poi metterli in mostra!

E scrivere, scrivere, imbrattare il lenzuolo di tutto quello che le passava per la testa!

«Oggi non ho dormito bene e sono troppo stanca.»

«Oggi la mia tata è malata e sono troppo preoccupata.»

«Ho troppo prurito a un ginocchio.»

«Ho troppa voglia di un muffin al cioccolato.»

E?

E i Ragazzini Abbastanza, finalmente, le davano retta!

A ogni ritratto che metteva in mostra, a ogni frase che scriveva sul suo lenzuolo, tutti, dal loro davanzale, alzavano un pollice verso di lei, come a dirle brava, sei davvero molto, troppo interessante,

SEI DEI NOSTRI!

E fu così che Qualcosa di Troppo non uscì più dalla sua stanza.

Niente più viaggi con il padre, niente più corse in groppa al cervo, niente lezioni di greco o di giapponese.

Trascorreva le giornate mettendosi in posa per poi farsi un bel ritratto. Con i capelli sciolti, con le trecce, con la

bocca spalancata, gli occhi storti: inventava acconciature e smorfie perché il suo lenzuolo fosse il più originale del regno, il più spiritoso, e viveva incollata al davanzale per contare quanti pollici si alzassero nella sua direzione.

La tata era costretta a portarle la colazione, il pranzo e la cena su un vassoio e la Principessa non la ringraziava nemmeno, presa com'era dal lenzuolo.

Da troppo grigia, la sua faccia diventò troppo bianca.

Quasi trasparente.

Finché, un giorno, la porta della sua stanza si spalancò all'improvviso.

Qualcuno di Importante entrò, strappò dal davanzale quel lenzuolo e tuonò: «Qualcosa di Troppo, ti devi maritare».

La Principessa si aggrappò al lenzuolo con le unghie e con i nervi, ma il Re era deciso ad andare fino in fondo: appallottolò il lenzuolo, raggiunse il grande caminetto all'ingresso del castello e lo gettò nel fuoco.

E mentre le fiamme divoravano i suoi ritratti e le sue parole, Qualcosa di Troppo si disperava: «Perché? Perché mi hai fatto questo, papà?»

«Perché ormai hai quindici anni e mezzo e sei troppo, troppo sola e troppo infelice» rispose, fermo, il Re.

«Non è vero!» ribatté la Principessa. «Grazie al lenzuolo avevo tantissimi amici!»

«E allora continuerai ad averli anche senza il lenzuolo, no? Perché non li inviti a venirti a trovare?»

«Perché non hanno tempo, poverini! Sono troppo impegnati con il loro lenzuolo, sono felici così e anch'io ero felice!»

«Felice? Ma se hai l'aspetto di un fantasma!»

Il padre la spinse di fronte a uno specchio: presa com'era stata a farsi tutti quei ritratti, Qualcosa di Troppo da tempo non aveva più guardato la sua faccia per quella che era.

E in effetti... era bianchissima!

Aveva delle occhiaie troppo profonde.

Le guance troppo affilate.

«Aiuto...» balbettò la Principessa.

«È da quando sei nata che non riesci a trovare pace, figlia mia» disse Qualcuno di Importante. «Non è così?»

No: avrebbe voluto confidargli Qualcosa di Troppo. Sulla collina, mentre non-facevo tutte quelle cose con il Cavalier Niente, proprio così mi sentivo: in pace. Ma siccome poi era successo quello che era successo, e ormai considerava il Cavalier Niente il suo peggior nemico, preferì restare in silenzio. E annuì.

«Io, da piccolo, non ero come te, ero più tranquillo, ero un Ragazzino Abbastanza» proseguì il Re. «Eppure, prima di conoscere tua madre, c'era sempre qualcosa che mancava, nelle mie giornate.»

«Cioè?» La Principessa non capiva dove suo padre volesse andare a parare.

«Quella cosa era l'amore, figlia mia. E solo quando anche tu l'avrai trovato potrà passarti questa malattia, questa smania, questo bisogno di troppo che da quando sei nata ti rovina l'esistenza.»

Lei fissò il lenzuolo, ormai ridotto in cenere, mentre le fiamme scoppiettavano.

Poi fissò il padre.

Poi il suo volto, troppo bianco, nello specchio.

E allora disse: «Va bene, papà. Mi mariterò».

Arrivarono candidati da tutto il regno e da oltre i confini.

Qualcuno di Importante, la tata e le due cuoche li valutavano, perché avessero le caratteristiche giuste per aspirare alla mano della Principessa.

Facevano domande, li invitavano a cantare, ballare, esprimersi.

E poi decidevano.

Finché, dopo mesi e mesi di colloqui e provini, su tremila e quattordici candidati, ne furono scelti cinque.

Qualcosa di Troppo fremeva per incontrarli: giorno dopo giorno si era convinta, infatti, che suo padre avesse ragione: l'amore, solo l'amore l'avrebbe salvata una volta per tutte!

Quindi, adesso, aspettava solo di innamorarsi. Aspettava solo di essere salvata.

Il Principe Qualcosa di Buffo arrivava da una piccola città dove c'era sempre la nebbia e gli abitanti passavano il tempo a raccontarsi barzellette per tenere alto l'umore. Quando si presentò a Qualcosa di Troppo, strabuzzò gli occhi, arricciò il naso come quello di un cinghiale, fece insomma la faccia più orribile che la Principessa avesse mai visto, e disse: «Sono un tipo bello dentro, io!» Qualcosa di Troppo scoppiò a ridere, molto divertita.

Il Re aveva stabilito che ogni pretendente portasse la Principessa in viaggio per trenta giorni, così che avessero modo di conoscersi per bene. Al ritorno, Qualcosa di Troppo avrebbe scoperto se si era innamorata e se aveva trovato, dunque, il suo futuro marito.

Fatto sta che Qualcosa di Buffo e Qualcosa di Troppo partirono su una carrozza tirata da quattro struzzi che a ogni curva si fermavano per sculettare, facendo ridere la Principessa come da tempo non le capitava più.

Arrivarono, così, in una città sovrastata dalla ruota di un enorme Luna Park.

«All'arrembaggio!» urlò Qualcosa di Buffo. Prese per mano Qualcosa di Troppo e la trascinò con sé verso la stazione di un trenino elettrico a forma di libellula. Fecero il giro del Luna Park e Qualcosa di Buffo le indicò le giostre e le attrazioni che sembravano davvero non finire mai, con la promessa che le avrebbero sperimentate tutte, tutte! Qualcosa di Troppo guardava lui e si guardava intorno, si guardava intorno e guardava lui, con gli occhi gialli allargati da quelle meraviglie.

Dormivano in un piccolo alberghetto ai piedi della ruota panoramica: lui si svegliava, correva a bussare alla porta della Principessa e, se non era ancora pronta, non le permetteva di prepararsi e la costringeva a uscire così, in pantofole!

Qualcosa di Troppo rideva, rideva: quanto rideva.

E lo seguiva saltellando per montagne russe e case stregate.

Si facevano leggere la mano da una maga, mangiavano zucchero filato fino a sentirsi male, ballavano con sirene e giocolieri e alla fine di ogni giornata, stanchi e sudati, si ubriacavano di sciroppo di lampone, la specialità del posto.

«Non l'ho mai provato…» aveva ammesso, la prima sera, Qualcosa di Troppo.

«Non te ne pentirai» le aveva assicurato Qualcosa di Buffo.

La Principessa, che com'è ormai noto non conosceva le mezze misure, si scolò così, tutto d'un fiato, un intero calice di sciroppo. E poi un altro.

Via così, finché in un baleno finirono un'intera bottiglia e Qualcosa di Buffo ne ordinò altre cinque.

Era davvero portentoso quello sciroppo!

Arrivava su su fino alla testa e scompigliava i pensieri grigi, poi se li portava via e lasciava dappertutto una pazza ridarella, la voglia di fare solo cose sceme, cantare al karaoke fino all'alba, camminare all'indietro tenendosi a braccetto, tuffarsi vestiti nel laghetto del Luna Park.

Fu al settimo calice di sciroppo che una sera, mentre i pensieri grigi se ne andavano, Qualcosa di Troppo sentì, nella pancia, un'onda.

Guardò Qualcosa di Buffo che beveva e per farla divertire chiacchierava con il suo bicchiere.

E l'onda si fece ancora più forte, divennero due onde, centosette, mille.

Era l'amore, forse, quello?

Ma certo: era l'amore!

Un desiderio diverso, assolutamente diverso da tutti quelli che non la lasciavano mai in pace!

Gli altri desideri volevano qualcosa che non c'era. L'amore, invece, voleva qualcuno che c'è!

E quel qualcuno era, senza dubbio, Qualcosa di Buffo.

Perché finalmente, grazie a lui, ora era davvero completa.

Anzi, di più!

Finalmente, grazie a lui, ora era davvero se stessa: e non era una principessa infelice, sempre alla ricerca di qualcosa di troppo. No! Si erano sbagliati tutti! Lei era semplicemente una ragazza a cui piaceva solo ridere, cantare e ubriacarsi di sciroppo di lampone!

Qualcosa di Troppo attirò a sé Qualcosa di Buffo e lo baciò.

Lui finse di svenire.

Lei rise e ancora lo baciò.

Da quella sera, dormirono nella stessa stanza, su un letto a castello.

Appena riapriva gli occhi, Qualcosa di Buffo scendeva quatto quatto dal suo letto e le faceva il solletico sotto ai piedi. Qualcosa di Troppo si svegliava ridendo e oplà: cominciava una nuova giornata.

Non smettevano mai di baciarsi, mentre continuavano a esplorare da cima a fondo il Luna Park, a ubriacarsi di sciroppo e a tuffarsi nel laghetto.

Qualcosa di Buffo le raccontava della sua città avvolta nella nebbia e la Principessa non vedeva l'ora, proprio non vedeva l'ora di trasferirsi lì, assieme a lui, per ascoltare barzellette e continuare a vivere felice e innamorata com'era.

«Ti amo» le diceva lui, saltando da un'attrazione all'altra.

«Ti amo!» diceva lei, scolandosi l'ennesimo calice di sciroppo.

E poi ridevano e ridevano e si addormentavano abbracciati così: ridendo.

Finché.

Finché, una mattina, Qualcosa di Buffo scese dal suo

letto e come al solito pizzicò le piante dei piedi di Qualcosa di Troppo.

E lei?

Gli mollò un calcio – piccolo: ma ben assestato – sul naso.

«Che c'è?» chiese lui sbalordito.

«Smettila» disse Qualcosa di Troppo.

«E perché? Ti piace così tanto il solletico!»

Già: il solletico le piaceva così tanto...

Allora perché, adesso, aveva tirato quel calcio?

E soprattutto perché, di punto in bianco, il solletico non le piaceva più e, anzi, le dava un po' di fastidio, un bel po' di fastidio?

Basta, basta: era meglio lavarsi la faccia per lavare via quelle domande inutili.

La Principessa si scusò con Qualcosa di Buffo, gli diede un bacio e si lanciarono alla scoperta di una nuova meraviglia del Luna Park: uno stanzone gigantesco trasformato in un pezzo di Far West. Con tanto di polvere del deserto e cavalli!

Ma mentre il Principe, mascherato da cowboy, rincorreva un gruppo di ragazzi mascherati da indiani, lei proprio non riusciva a seguirlo.

Il fatto è che non capiva più che cosa ci fosse di tanto eccezionale non solo in quello stanzone, ma nell'intero Luna Park.

Era un posto così finto!

Così diverso dai boschi attorno al suo castello, dove le bastava montare in sella al suo cervo per correre attraverso posti molto più belli di quello e molto più veri!

E le prese, all'improvviso, una grande nostalgia di Niente.

«Cavaliere…» sussurrò quella notte, appena Qualcosa di Buffo smise di ridere e cominciò a ronfare.

«Cavalier Niente…» chiamava, attraverso il passaggio segreto che aveva nel cuore. «Sei ancora arrabbiato con me?»

Io arrabbiato con te, Principessina?
Era proprio sua quella voce!
Sì! Era la voce del Cavalier Niente!
Chi ti credi di essere, per avere il potere di farmi rimanere arrabbiato così a lungo?
E, dopo la voce, finalmente Qualcosa di Troppo sentì di nuovo anche la risata scomposta e maleducata del Cavaliere.
Era così diversa dalle risate di Qualcosa di Buffo… Era così… familiare. Ecco, sì. Di colpo, le risate del Principe le sembravano invece fasulle. Incomprensibili.

«Sai, Cavaliere? Forse ho capito che cosa volevi dire, quando mi hai detto che non ti diverti a divertirti, perché anche quella è una fatica...»

Ce ne hai messo del tempo, eh? Hai perfino dovuto offendere Madama Noia...

«Ci è rimasta male?»

Figurati... È una gran signora, lei. E comunque ho l'impressione che dovresti proprio ricominciare a frequentarla.

«Dici? Ma sapessi quante, quante cose sono successe, nel frattempo!»

A me interessano solo quelle che non-succedono, dovresti ricordarlo.

«Certo che me lo ricordo, però... Però me ne è successa una proprio grossa!»

Cioè?

«Mi sono innamorata.»

Oh, povera Principessina! Fra tutte le bugie che si raccontano gli esserucci umani, il cosiddetto amore va sempre per la maggiore, eh? Ma non ti preoccupare, passerà anche questa.

«Il problema è che mi sa che è già passata... Per giorni e giorni ho avuto la pancia piena di onde strane...»

E poi?

«E poi, di colpo, mi sono ritrovata la pancia vuota.»

Quindi ancora non l'hai imparato, eh, testona di una ragazzina?

«Cosa?»

Che quel vuoto non è una maledizione: è un regalo! Ricordi quanto ti spaventava il buco nel cuore?

«Certo. Mentre stanotte, grazie a quel buco, posso parlare con te…»

Appunto. Ma il cuore ti si era bucato quando hai perso tua madre… Invece il vuoto nella pancia c'è senza nessun motivo, nasciamo così, ce lo abbiamo tutti, come abbiamo due gambe e due braccia.

«Io lo odio.»

Come fai a odiarlo? Quel vuoto sei tu.

«Allora mi odio!»

E vuoi continuare a combinare disastri? Non ti sono bastati i capricci per la festa? E il lenzuolo appeso alla finestra?

«Come fai a saperlo?»

Chi non-sa sa tutto, mia cara. E adesso su, forza. Raccogli le tue cose e domani tornatene al castello. O davvero vuoi passare la vita a ridere e a bere sciroppo, con tutte le cose che ci sono da non-fare?

«Ma…»

Ma cosa?

«Avevo tanto bisogno di ridere! E con lo sciroppo passano tutti i troppi pensieri brutti che ho!»

E allora fai pace con quel vuoto nella pancia. Riprendi a frequentare Madama Noia. Fidati. E a quel punto, se proprio non ne potrai fare a meno, sarai libera di avere voglia di ridere. Ma non ne avrai bisogno. Perché il bisogno è solo un sogno: prima o poi finisce o comunque sfinisce. Se non te, i poveracci che hanno la disgrazia di conoscerti. Adesso però mi sono scocciato, Principessina. Lasciami tornare al mio dolce, dolcissimo far niente.

«Che differenza c'è fra avere voglia di ridere e avere bisogno di ridere?» domandò Qualcosa di Troppo. Ma non ottenne nessuna risposta.

«Cavaliere! Cavaliere!» continuò a chiamare, per tutta la notte.

Finché arrivò il mattino dopo e fu lei, stavolta, a svegliare Qualcosa di Buffo, salendo sul suo letto, per annunciare: «Voglio tornare a casa».

Il Conte Qualcosa di Blu arrivava da un paesino arroccato sulla cima della montagna più alta del regno, dove, per un raro fenomeno, il sole era sempre fermo a mezz'asta, come stesse per cadere. Ma non cadeva mai e galleggiava in un eterno tramonto.

Al Re era piaciuto immaginare che Qualcosa di Troppo, finalmente, potesse vivere sempre a tu per tu con i colori del cielo che tanto amava.

Il giovane Conte venne così a prendere la Principessa al castello e si avviarono, a piedi, verso la montagna.

«Manca ancora molto?» chiese Qualcosa di Troppo, tanto per fare un po' di conversazione, dopo che camminavano in silenzio da ormai sei ore.

«La verità è che non lo so. O meglio... lo so... ma...» rispose Qualcosa di Blu. E scoppiò in singhiozzi.

Embè?!

Qualcosa di Troppo questa proprio non se l'aspettava!

«Perché fai così?» chiese a quello strano ragazzo.

«Perché sono in confusione... Non so quanto tempo esattamente ci vorrà per arrivare in cima e ho paura... paura che tu te la possa prendere con me... Insomma, io vorrei solo farti contenta... ma ne sarò capace? O sarò una delusione?» Le buttò le braccia al collo e si soffiò il naso sulla sua maglietta.

Fu allora: fu esattamente allora che Qualcosa di Troppo sentì, di nuovo, muoversi un'onda nella pancia. E lo strinse forte a sé.

«Sei così dolce!» gli disse. «A me non pesa affatto camminare, sono sicura che arriveremo presto e che sarà comunque una fantastica passeggiata! Andiamo, su!» E siccome il Conte era leggero come una foglia e lei era forte, per tutte le troppe corse e le avventure della sua vita, lo prese in braccio e lo portò fino in cima, dove li investì subito la luce semprerosa di quell'eterno tramonto.

Prima che la Principessa potesse lanciarsi in uno dei suoi urli stupefatti, venne loro incontro, dall'uscio di una baita, la madre di Qualcosa di Blu. Non salutò Qualcosa di Troppo, nemmeno la guardò in faccia, e si rivolse al figlio, preoccupata.

«Come stai, tesoro?» gli chiese. «Hai gli occhi rossi: hai pianto?»

Finalmente si girò verso la Principessa e le spiegò: «I ragazzi della vostra età sono tutti rozzi di animo… Mio figlio no, lui è un fiore delicato. Sei fortunata ad averlo incontrato».

E proprio così Qualcosa di Troppo si sentì per quei primi giorni: fortunata.

Qualcosa di Buffo sapeva solo ridere e ubriacarsi.

Qualcosa di Blu, invece, era un ragazzo davvero profondo!

Emozionante!

Come si disperava, nel raccontare che il padre aveva abbandonato sua madre quando lui era solo un bambino! E poteva parlare per una giornata intera delle sfumature semprerosa dell'eterno tramonto! Un giorno, Qualcosa di Troppo provò a chiedergli che cosa ci fosse, secondo lui, al di là del cielo, come il Cavalier Niente faceva con lei… Ma Qualcosa di Blu cominciò a tremare e a balbettare, perché non capiva la domanda: e la sola idea di darle un dispiacere lo faceva soffrire.

Perché era talmente delicato! Sensibile!

A volte, nel bel mezzo di una passeggiata, scoppiava addirittura a piangere senza motivo.

«Forza, forza» gli sussurrava, allora, Qualcosa di Troppo. «Vuoi dirmi che succede?»

E Qualcosa di Blu tirava fuori un ricordo d'infanzia, come quando, all'asilo, i Ragazzini Abbastanza lo prendevano in giro perché lui era il più gracile di tutti. O le confidava che, prima di lei, era stato fidanzato con una Ragazzina Abbastanza che lo aveva lasciato senza nessuna spiegazione e gli aveva spezzato il cuore.

Qualcosa di Troppo, allora, cercava di farlo ragionare.

«Sono quei Ragazzini e quella Ragazzina che dovrebbero vergognarsi! Tu sei un essere prezioso e loro non erano degni di te» gli diceva dolcemente. Lui la guardava con gli occhi lucidi e grati e lei sentiva l'onda nella pancia farsi sempre più forte e diventare due onde, centosette, mille.

Era l'amore, forse, quello?

Ma certo: era l'amore!

Un desiderio diverso, assolutamente diverso da tutti quelli che non la lasciavano mai in pace!

Gli altri desideri volevano qualcosa che non c'era. L'amore, invece, voleva qualcuno che c'è!

E quel qualcuno era, senza dubbio, Qualcosa di Blu.

Perché finalmente, grazie a lui, ora era davvero completa.

Anzi, di più!

Finalmente, grazie a lui, ora era davvero se stessa e non una sciocca che, come le aveva fatto credere Qualcosa di Buffo, sapeva solo divertirsi. No! Lei era una ragazza sensibile e profonda che desiderava proteggere e aiutare il suo fidanzato, sensibile e profondo più di lei! Salvandolo, si sarebbe finalmente salvata!

Da quando la Principessa se ne stava sulla montagna, infatti, ogni pensiero grigio era stato spinto via dalla sua testa: lo spazio era tutto occupato dai problemi di Qualcosa di Blu.

Come si sentiva importante, Qualcosa di Troppo, a cercare di risolverli!

Quanto si sentiva amata, quando Qualcosa di Blu, prima di addormentarsi, le chiedeva di tenergli la mano, perché era spaventato al solo pensiero di non riuscire a prendere sonno!

Una volta svegli, poi, lui le confidava gli incubi che aveva avuto e provavano insieme a capirli meglio.

Finché.

Finché, una mattina, proprio mentre Qualcosa di Blu stava raccontando del leone inferocito che aveva sognato quella notte, a Qualcosa di Troppo sfuggì: «Uffa».

Non l'aveva deciso: uscì dalle sue labbra così, da solo!
«Uffa» disse. Ma subito dopo si scusò: «Non volevo
dire quello che ho detto, mi dispiace».
«Però l'hai detto!» frignò Qualcosa di Blu. Scoppiò in
singhiozzi e le tuffò il naso nella maglietta per soffiarselo,
come quando si erano incontrati.

Qualcosa di Troppo però, a differenza della prima volta, ora pensò: che schifo! Ma almeno questo non lo disse,
per paura di ferirlo ancora di più.

Passarono tutto il pomeriggio a letto, perché Qualcosa
di Blu era troppo scosso e non trovava le forze per alzarsi.

Qualcosa di Troppo lo ascoltò, provò a tranquillizzar-
lo, giurò su suo padre che davvero, davvero non aveva
idea di come le fosse scappata dalla bocca quella parola.

Perché in effetti non lo sapeva.

Eppure era l'unica che avrebbe voluto ripetere, anche
adesso: *Uffa!*

Uffa, uffa, uffa.

E mentre Qualcosa di Blu parlava e si soffiava il naso
nella maglietta e le spiegava quanto, quanto ci fosse rimasto male, lei cominciò a sentire una leggera nausea per la
luce semprerosa che filtrava dalle finestre.

E le prese, all'improvviso, una grande nostalgia di
Niente.

Finse così di dovere fare la pipì e, chiusa la porta del bagno, lo chiamò subito, dal passaggio segreto del cuore: «Cavalier Niente, Cavalier Niente!»

Quanto rompi, Principessina! Che cosa non-succede stavolta?
Al solo sentire la voce del Cavaliere, Qualcosa di Troppo si tirò su di morale: «Mi sono innamorata».
Di nuovo?
«Sì. Ma mi sa che di nuovo mi sono sbagliata.»
Capita, te l'ho già detto. Ma il momento più bello di ogni illusione è quando finisce, non credi?
«No, non credo. E credo invece che l'amore sia l'unica cosa che può salvarci la vita.»
Salvarci la vita? E da quale pericolo?
Mmh... Doveva rifletterci. Da sempre si sentiva mi-

nacciata da qualcosa di troppo pericoloso, per l'appunto, ma non avrebbe saputo mica dire esattamente che cos'era. Sapeva solo che bisognava combatterlo e che per combatterlo non ci si doveva fermare mai. Mai! Provò comunque a rispondere: «Dal pericolo di rimanere soli e infelici».

Risposta sbagliata, ragazzina! Il pericolo della vita lo sai qual è?

«Qual è?»

È la vita!

«Come sarebbe a dire? Il pericolo della vita... è la vita?!»

Sì, testona di una Principessina: è la vita stessa il pericolo della vita. E finché siamo in vita tanto vale stare in vita e non-pensarci. O vuoi fare come il tuo fidanzato e lagnarti in continuazione?

«Ma lui, poverino, ha bisogno di lamentarsi perché è troppo, troppo sensibile! E anch'io avevo bisogno di essere finalmente importante per qualcuno!»

Allora fai pace con quel pericolo. E a quel punto, se proprio non ne potrai fare a meno, sarai libera di avere voglia di essere importante per qualcuno. Ma non ne avrai bisogno. Perché il bisogno è solo un sogno: prima o poi finisce o comunque sfinisce. Se non te, i poveracci che hanno la disgrazia di conoscerti.

«Spiegami! Cavaliere, ti prego, stavolta spiegami che differenza c'è fra avere bisogno e avere voglia di fare qualcosa! E in che senso il pericolo della vita è la vita? Che significa? Cavaliereee!»

Ma il Cavaliere era evidentemente tornato alle cose che aveva da non-fare.

Nel frattempo, Qualcosa di Blu aveva cominciato a bussare alla porta del bagno, con la voce rotta dal pianto.

«Dove sei? Qualcosa di Troppo, dove sei? Mi abbandonerai anche tu, come ha fatto quella Ragazzina Abbastanza?»

Qualcosa di Troppo aprì la porta, lo abbracciò e gli disse: «Purtroppo sì».

Per due volte sua figlia era tornata al castello prima del tempo e senza marito: ma il Re confidava molto nel terzo candidato.

Il Duca Qualcosa di Giusto, infatti, era davvero un tipo da rispettare.

Arrivava da lontano, ma dove fosse esattamente la sua patria non gli importava più. Il punto è che, quando era bambino, vedendo una rondine ingoiare, senza nessuno scrupolo, un'innocente coccinella, aveva intuito che il mondo era un posto pieno di ingiustizie. E si era profondamente indignato.

Così, prima di tutto, aveva cominciato a protestare a scuola per abolire le pagelle.

«Perché ci sono bambini che hanno voti alti e altri che li hanno bassi? Siamo tutti uguali, non è giusto farci crescere con l'idea che alcuni di noi siano migliori!» sfidò la sua maestra.

Quella gli spiegò che la pagella era semplicemente un modo per premiare chi studiava, allora Qualcosa di Giusto si piantò a gambe incrociate fuori dalla classe e annunciò che non si sarebbe mosso da lì finché le pagelle fossero esistite.

Rimase così per una settimana, senza mangiare né dormire, e i suoi genitori furono costretti a trascinarlo via, di peso.

«Non avevate il diritto di farmi questo!» esclamò Qualcosa di Giusto.

Il giorno dopo scappò di casa e la sua patria diventò il mondo intero. Viveva in una tenda che piantava qua e là, mentre vagava in cerca di ingiustizie da combattere.

Attraversando boschi e campi osservò molti animali comportarsi come quella rondine e mangiare chi era più debole di loro: decise allora di farli ragionare, per convincerli che non era giusto comportarsi così, non era assolutamente giusto.

E, per dare il buon esempio, si nutriva solo di bacche e mele, in segno di rispetto per gli amici pesci, gli amici maialini e tutti gli altri. Com'era possibile, infatti, che nessuno si facesse problemi davanti a un piatto di polpette o a una trota al forno?

Più cresceva e più comprendeva, così, che fra gli animali il più pericoloso era senz'altro l'essere umano.

Dunque si infilava nei tribunali per assistere ai processi e si alzava per applaudire quando l'imputato di turno veniva spedito in galera.

Beveva solo acqua, perché nei succhi di frutta e nei loro colori fosforescenti c'erano gli interessi di riccastri che se ne fregavano della salute delle persone e volevano farle ammalare per guadagnarci sopra.

«Ti pare possibile che il mondo funzioni così male, mentre è evidente come dovrebbe funzionare?» domandò Qualcosa di Giusto a Qualcosa di Troppo, appena la lasciò entrare nella sua tenda.

«No, non è possibile!» rispose di slancio Qualcosa di Troppo, che durante il viaggio aveva ascoltato i racconti delle battaglie di Qualcosa di Giusto con gli occhi gialli larghi di ammirazione.

«Combatti assieme a me per aiutare l'umanità!» disse lui, ispirato.

E Qualcosa di Troppo sentì, nella pancia, un'onda, due, centosette, mille.

Era l'amore, forse, quello?

Ma certo: era l'amore!

Un desiderio diverso, assolutamente diverso da tutti quelli che non la lasciavano mai in pace!

Gli altri desideri volevano qualcosa che non c'era. L'amore, invece, voleva qualcuno che c'è!

E quel qualcuno era, senza dubbio, Qualcosa di Giusto.

Perché finalmente, grazie a lui, ora sarebbe stata davvero completa.

Anzi, di più!

Finalmente, grazie a lui, ora sarebbe stata davvero se stessa e non una rammollita che, come le era successo con Qualcosa di Blu, si preoccupava solo dei suoi problemucci e di quelli del fidanzato. No! Lei era una persona seria e impegnata che si preoccupava dei problemi dell'intero pianeta e che voleva aiutare il bene a trionfare!

Prima di tutto, Qualcosa di Giusto la convinse che non c'era nessunissimo motivo per cui le femmine dovevano avere i capelli lunghi e vestirsi in maniera diversa dai maschi: femmine e maschi erano uguali. Le femmine dovevano farsi rispettare! Così Qualcosa di Troppo tagliò con una sola sforbiciata i suoi lunghi capelli e cominciò, a vestirsi con i calzoncini e le magliette di Qualcosa di Giusto.

Ogni mattina, poi, giravano per la città alla ricerca delle ville dei ricchi, si nascondevano nei loro giardini e, appena quelli uscivano, gli tiravano palloncini carichi di succo di frutta.

Mangiavano solo finocchi e carote.

Nel pomeriggio, c'era sempre una marcia a cui unirsi per denunciare qualche crimine. Qualcosa di Troppo si metteva a braccetto di Qualcosa di Giusto e urlavano: contro le bollicine dell'acqua gasata, contro le cotolette, contro chi, quando buttava l'immondizia, non separava la carta dal cartoncino.

«Onestà!» urlava Qualcosa di Troppo con le guance e gli occhi ardenti.

«Giustizia!»

«Rispetto!»

A Qualcosa di Troppo sembrava di non avere vissuto, fino a quel momento.

«Ero solo una sciocca ed egoista principessa, prima di conoscere te!» sospirava al suo Duca.

«È vero» rispondeva lui. «Ma c'è ancora tanto, tanto da fare. Non dobbiamo mai smettere di impegnarci.» E infatti non smettevano mai.

Finché, però.

Finché però, un giorno, mentre marciavano in un corteo a difesa delle perseguitate amiche zanzare, lo sguardo di Qualcosa di Troppo andò a finire sulla vetrina di una tavola calda dove, in bella mostra, rosso, rotondo e circondato da una corona scintillante di patatine fritte, c'era un hamburger.

«Assassini! Assassini!» strillava accanto a lei Qualcosa di Giusto contro chi, anziché ragionare con le zanzare, le schiacciava a sangue freddo.

«Assassini!» strillava lei. Eppure, in pancia, dove fino a un attimo prima c'erano mille onde, adesso c'era solo l'acquolina, un'acquolina pazza per quell'hamburger. Si accorse solo allora di avere le gambe stanche, troppo stanche, e sognò di fare un bel bagno caldo profumato e sciogliere nell'acqua i suoi morbidi capelli. Ma si rese conto di non averli più.

E le prese, all'improvviso, una grande nostalgia di Niente.

Si sfilò dal corteo, si accucciò nell'angolo di una strada e stavolta, senza nemmeno doverlo chiamare, lui le si presentò nel cuore, con i suoi occhialetti sporchi e storti, e parlò.

Ti stavo aspettando, Principessina. O, per come sei conciata, dovrei forse dire... Principino?
Il Cavaliere scoppiò in una delle sue risate.

Anche Qualcosa di Troppo rise. «Sembro davvero un maschio?»

Cosa sembri non mi interessa. Semplicemente non sei tu. E il non-essere è molto, molto diverso dal non-fare.

«Ti prego, smettila con gli indovinelli!»

Nessun indovinello, Principessina. Voglio solo dire che meno fai, più sei.

«Ma io devo aiutare l'umanità! Mi devo impegnare! Non è giusto starsene con le mani in mano mentre gli altri soffrono!»

Temo tu abbia sempre sottovalutato il non-fare, Principessina. È un'attività per cui ci vuole parecchio impegno, sai? Proprio grazie al non-fare, e con un aiutino di Madama Noia, allora sì che potrai conoscerti, sapere chi sei. A quel punto, solo a quel punto, sarai libera di aiutare chi ti pare e di mangiare quello che preferisci. Ma non avrai bisogno di farlo per sentirti nel giusto. Avrai davvero voglia di farlo. Perché il bisogno è solo un sogno: prima o poi finisce o comunque sfini...

«Ancora con questa storia del bisogno e della voglia, Cavalier Niente?»

Principessina, una volta per tutte: pensa a com'è fatta una bottiglia. La sua parte più importante qual è?

«... Quella che si riempie di acqua o di sciroppo di lampone o di...»

Esatto! Cioè la parte piena di vuoto! Grazie a quella parte, la bottiglia potrà venire riempita di acqua o di sciroppo di lampone o di vattelappesca. Ma se quella parte è sporca, saranno sporchi pure l'acqua, lo sciroppo di lampone o vattelappesca. Quindi?

«Quindi?»

Quindi, se non fai pace con lo spazio vuoto dentro di te, niente potrà mai davvero riempirti.

«Nemmeno un marito?»

Tantomeno un marito! Ricorda, Principessina: tutto quello che ti serve per riempire la tua vita è robaccia, è acqua sporca. Tutto quello che la tua vita accoglierà, perché le capita e perché comunque le starebbe bene anche essere vuota, è invece roba buona, acqua pulita.

«La vita è una bottiglia!» esclamò Qualcosa di Troppo, anche se non capiva esattamente quello che stava dicendo.

Già. E hai mai visto una bottiglia fare i capricci quando è vuota?

«No...»

Fai come la bottiglia, allora. Smettila una volta per tutte di rincorrere tutte queste avventure: è il puro fatto di stare al mondo la vera avventura.

«È il puro fatto di stare al mondo la vera avventura» ripeté fra sé la Principessa. E ancora: «È il puro fatto di stare al mondo la vera avventura». E poi ancora e ancora. Continuò a ripeterselo per tutto il tempo, mentre, senza avere nemmeno salutato Qualcosa di Giusto, se ne tornava al castello, lentamente, passo dopo passo.

è il puro
al mondo la

fatto di stare
vera Avventura

Qualcosa di Speciale, invece, era un artista.

E con lui fu tutta, tutta un'altra storia.

Dal primo giorno passato insieme, Qualcosa di Troppo sentì di avere realizzato il suo sogno: ogni istante schiudeva dentro di sé un mistero nuovo, una sorpresa!

E sentiva nella pancia un'onda, due, centosette, mille.

Era l'amore, forse, quello?

Ma certo: era l'amore!

Un desiderio diverso, assolutamente diverso da tutti quelli che non la lasciavano mai in pace!

Gli altri desideri volevano qualcosa che non c'era. L'amore, invece, voleva qualcuno che c'è!

E quel qualcuno era, senza dubbio, Qualcosa di Speciale.

Perché finalmente, grazie a lui, ora era davvero completa. Anzi, di più!

Finalmente, grazie a lui, non era più nessuna di quelle scimunite che si era messa in testa di essere correndo dietro agli altri pretendenti, ma era davvero se stessa: una ragazza eccezionale!

Qualcosa di Speciale abitava in una grande casa piena di stanze e senza porte, con tante, tantissime persone interessanti.

C'era un pittore che ogni mattina dipingeva lo stesso paesaggio e ogni sera distruggeva la tela!

Una ballerina che si allenava per tutta la notte e dormiva per tutto il giorno!

Un poeta che chiedeva a Qualcosa di Troppo di sedersi in silenzio davanti a lui, per osservarla e dedicarle i suoi versi!

Ma soprattutto c'era lui, Qualcosa di Speciale, che un giorno dipingeva, un altro ballava, un altro si metteva in testa di imparare a suonare i bonghi, un altro ancora cominciava a scrivere un romanzo sulla loro storia d'amore, una storia davvero incredibile…

«Nessuno, in tutto l'universo, si ama come ci amiamo noi!» le sussurrava all'orecchio, ogni mattina, e poi, via!, si buttavano in braccio alla vita e alle sue infinite proposte, s'infilavano in un museo, si lanciavano in un valzer per strada, giocavano con un mimo in una piazza, imparavano a suonare il violino o a cantare in francese, programmavano un viaggio per Marte e prenotavano un corso di surf in California.

Adesso ho proprio tutto, pensava Qualcosa di Troppo.

Adesso non mi manca più Niente.

Infatti fu lui a cercarla.

S'infilò di traverso in un sogno, una notte.

Principessina! Ehilà!

«Cavaliere!» Qualcosa di Troppo non si aspettava di trovarselo davanti, ma era contenta di potergli raccontare quello che le stava succedendo. «C'è una grande novità!»

Ah, sì?

«Sì! Mi sono innamorata. Ma non mi sono sbagliata, stavolta.»

Come fai a esserne tanto sicura?

Qualcosa di Troppo s'irrigidì: perché il Cavaliere non si rallegrava per lei?

Provò a rimanere calma: «Sono sicura di essere innamorata perché non mi sono mai sentita così».

Così come?

«Qualcosa di Speciale mi fa sentire... eccezionale!»

Eccezionale? Perché? Non fai più la cacca? Non ti puzzano più i piedi come a tutti noi esserucci umani?

Adesso Qualcosa di Troppo si stava leggermente irritando: «Certo che faccio la cacca e che mi puzzano i piedi. Ma se Qualcosa di Speciale mi sta accanto ho tutto quello di cui ho bisogno. Ecco».

E se lui si allontana?

«Come sarebbe a dire? Lui c'è! È il mio fidanzato! E mi ama! E io pure lo amo!»

Benissimo, Principessina. Proprio perché lo ami, allora, fai attenzione.

«Attenzione? Ma non sono mica in pericolo! È questa la vera novità, Cavaliere: io non sono più in pericolo.»

Invece lo sei e più che mai, Principessina. L'amore, se pro-

prio dobbiamo usare questa parolona, non è qualcosa che deve risolvere i nostri guai. Anzi, di solito, per quello che non-so, è qualcosa che i guai li aumenta.

«Allora perché tutti lo cercano?»

Tutti gli esserucci umani lo cercano, è vero, ma quasi sempre per il motivo sbagliato. Cercano l'amore per non rimanere soli. Per farsi riempire lo spazio vuoto. E soprattutto perché non accettano che è il puro fatto di stare al mondo la vera avventura.

«Ma io lo so chi sono! L'ho scoperto! E proprio grazie a Qualcosa di Speciale adesso sì che stare al mondo mi pare la vera avventura!»

E chi avresti scoperto di essere, grazie a costui? Sentiamo.

«Una ragazza finalmente soddisfatta che ha tutto quello che potrebbe desiderare e che non si annoia mai.»

Quindi Madama Noia ormai per te è definitivamente una nemica? Non è più Qualcosa di cui Ci Possiamo Fidare?

«Be'...»

Be'?

«Se devo essere sincera...»

Se devi essere sincera?

«È passato troppo tempo ormai, Cavaliere. Non mi ricordo più com'era Madama Noia...»

Non ricordi il suo fiato sul collo? Fiato di ciclamino, dicevi tu!

«... eppure...»

Che?

«... eppure, se proprio devo sforzarmi, ora mi sembra di ricordare che Madama Noia aveva l'alito pesante, come se mangiasse solo cipolle... No?»

Oh povera, povera Principessina!

«Perché? Perché mi dici così?»

Davvero non ricordi quanti scherzi, quante storielle ci sia-mo scambiati, grazie al tempo che Madama Noia bloccava per noi? E la storia della nuvola-unicorno? Te l'eri inventata tu!

«Anche Qualcosa di Speciale inventa un sacco di cose!»

Ah, sì? E perché non finisce mai di dipingere un quadro? Per-ché comincia a scrivere una storia e la lascia sempre a penzolare?

«Perché ha troppe idee, lui è un artista!»

Risposta sbagliata, Principessina: Qualcosa di Speciale è come te, vuole solo scappare da Madama Noia! Ma non avrà

mai tempo per una vera idea, non finirà mai un quadro,
non finirà mai un romanzo, se non si fiderà di Madama.
Vivrà sempre così, passando da un museo a un balletto, da
un balletto a un museo.

«È un modo fantastico di vivere.»

Certo che la bottiglia non ti ha insegnato un accidente...
Invece di fare come lei, ti sei ficcata in testa questa scemenza
di trovare marito. Ma tutti 'sti innamorati mica ti piaccio-
no: ti servono. Devono riempire lo spazio vuoto che hai nella
pancia e con cui non ne vuoi proprio sapere di fare pace. Sei
incorreggibile, Principessina.

«Adesso però è arrivato Qualcosa di Speciale! e mi piace
davvero! e riempie quello spazio come nessuno mai! Non
è acqua sporca. È acqua pulita, pulitissima!»

Ah, sì? E di che colore ha gli occhi, Qualcosa di Speciale?

«Che c'entra, adesso?»

Dunque non lo sai...

«Certo che lo so. Figurati se non lo so!»

Gli hai mai raccontato di come, ogni notte, quando chiudi
gli occhi, incontri tua madre? E lui? Ti ha raccontato della sua?

«Moltissime cose.»

Per esempio?

«Per esempio moltissime. E comunque l'importante è
che grazie a lui, oggi, sono felice. Fattene una ragione!»

Quindi quella che chiami felicità è merito del tuo ganzo.
Non è roba tua.

«Che differenza c'è?»

C'è una differenza enorme, Principessina! Il cosiddetto

amore porta un sacco di guai, è vero. Ma più di ogni altra cosa dovrebbe farci sentire liberi.

«Io mi sento libera! Liberissima!»

Libera? Tu? Ma non ti ascolti, non ti vedi? Sei completamente in ostaggio!

«Tu sei matto. Tutto matto.»

Perché? Per essere felice, come dici tu, non hai forse bisogno di startene appiccicata come una cozza a Qualcosa di Speciale e fare fare fare assieme a lui?

«Che male c'è?»

Se fossi libera, avresti semplicemente voglia di stare con lui. Di conoscere i suoi pensieri, confidargli i tuoi e affidarvi all'abbraccio buono di Madama Noia, perché vi protegga. E invece sei in ostaggio, appunto. Schiava della paura dello spazio vuoto. Prigioniera del bisogno che hai di un marito. E il bisogno è solo un sogno: prima o poi...

«BASTAAA! Non ne posso più delle tue parole attorcigliate! Sei solo invidioso perché io ora faccio un sacco, proprio un sacco di cose eccezionali e nuove, mentre tu continuerai per tutta la vita a non-fare le solite cose! TORNATENE PER SEMPRE SULLA TUA COLLINA E DA MADAMA NOIA, NON TI VOGLIO VEDERE MAI PIÙ, MAI PIÙ!» Qualcosa di Troppo urlò talmente forte che si svegliò.

Ma almeno il Cavalier Niente si era tolto di mezzo.

Finché, tre giorni dopo quel brutto sogno, per Qualcosa di Troppo arrivò il momento di tornare al castello per annunciare a suo padre che sì, stavolta ce l'aveva fatta: aveva trovato marito.

Chiese al pittore di truccarla, alla ballerina di prestarle il più bello dei suoi tutù e, appena fu pronta, si presentò nella camera del fidanzato, per farsi ammirare.

Nella camera però non c'era nessuno.

«Qualcosa di Speciale! Qualcosa di Speciale!» chiamò, cercandolo per tutta la grande casa senza porte. Ma di Qualcosa di Speciale non sembrava esserci traccia.

«Dove sei finito?» Qualcosa di Troppo cominciava a preoccuparsi. «Amore! Amore mio!»

Il poeta, allora, le si avvicinò.

L'abbracciò e le consegnò una lettera. Dove c'era scritto:

```
Cara Qualcosa di Troppo,

mi dispiace, ma non sono pronto per il
matrimonio e forse non lo sarò mai. Tu
sei meravigliosa, ma io non ho bisogno
di una moglie e di una vita normale. Ho
bisogno di avventure e di sorprese sem-
pre nuove, perché purtroppo sono fatto
così e avere accanto sempre la stessa
ragazza non mi può bastare.

Perdonami, se puoi,

                        Qualcosa di Speciale
```

Tornata al castello, la Principessa piangeva e sospirava, sospirava e piangeva.

Si sentiva non solo separata da Qualcosa di Speciale, ma tutta separata: a pezzi.

Per la prima volta soffriva per amore e, come al solito, lo faceva troppo.

Pensava in continuazione ai giorni perfetti che aveva trascorso con Qualcosa di Speciale nella grande casa senza porte.

Ricordava ogni dettaglio, ogni risveglio, ogni quadro di ogni museo, ogni piazza dove si erano fermati per improvvisare un ballo o unirsi a dei passanti per attraversare la notte con loro.

Le uniche cose che invece, anche se si sforzava, non riusciva proprio a ricordare erano i racconti, le parole che si era scambiata con Qualcosa di Speciale.

Che cosa pensava, davvero, Qualcosa di Speciale? Chi era? Erano domande che Qualcosa di Troppo non aveva mai avuto il tempo di fargli, fra un'avventura matta e un'altra.

Aveva… aveva forse ragione il Cavaliere?

Ma, troppo triste com'era, non intendeva certo rompersi la testa con le parole attorcigliate del Cavaliere, tanto più che gliel'aveva detto chiaro e tondo: non ti voglio vedere mai più.

Ci mancava solo una delle sue ramanzine incomprensibili, ora che lei aveva il cuore spellato dal dolore!

Ci mancava solo Madama Noia, con il suo alito di cipolla!

No, no: l'unica risorsa che poteva trascinarla fuori dalle sabbie mobili del suo dolore era la speranza nell'ultimo pretendente.

Qualcuno di Importante accompagnò personalmente la figlia ai confini del regno, dove un tempio maestoso dominava le vallate.

Qualcosa di Più, l'ultimo pretendente, abitava lì. Era un ragazzo molto alto, con i piedi scalzi e fasciato in una tunica di uno strano verdognolo. Assieme a lui c'erano altri ragazzi, vestiti allo stesso modo. Fra loro si chiamavano fratelli e tenevano quasi sempre gli occhi chiusi, anche mentre camminavano.

«Siamo qui per adorare il Grande Pistacchio» disse Qualcosa di Più a Qualcosa di Troppo, indicando un cubo di vetro, fuori dal tempio, che proteggeva il più gigantesco pistacchio che la Principessa avesse mai visto, grosso più di un pugno. «Ogni giorno si mette in contatto con noi per consigliarci cosa fare, per liberarci dalle nostre ango-

sce e aiutarci a diventare persone migliori. E noi, se chiudiamo gli occhi, riusciamo ad ascoltarlo. Vuoi provare, Sorella?»

La Principessa fece spallucce: un tempo voleva trovare marito, adesso voleva solo superare il suo amore per Qualcosa di Speciale. Se chiudere gli occhi e mettersi in ascolto del Grande Pistacchio poteva servire, lei li avrebbe chiusi!

Era lì per quello, no? Per innamorarsi di Qualcosa di Più e dimenticare Qualcosa di Speciale.

Così obbedì e chiuse gli occhi.

«Allora?» domandò Qualcosa di Più. «Che ti ha detto?»

Qualcosa di Troppo scosse la testa e allargò le braccia: il Grande Pistacchio evidentemente non ne voleva proprio sapere di parlare con lei...

«Non ti preoccupare» la tranquillizzò Qualcosa di Più. «Bisogna meritare la sua fiducia. Prova a fare per cento volte il giro del cubo di vetro: il Grande Pistacchio lo apprezzerà.»

E, sempre decisa com'era a dimenticare il suo amore infelice, Qualcosa di Troppo cominciò a correre.

Per cena Qualcosa di Più le servì una ciotola: era piena solo di bucce di pistacchio!

Ma gli altri fratelli parevano mangiare con gusto e lei non aveva nessuna fame da quando Qualcosa di Speciale l'aveva abbandonata, così provò a fare come loro.

«Brava. Sono fiero della mia futura sposa» le sussurrò Qualcosa di Più. «Il Grande Pistacchio apprezzerà.»

Il giorno dopo, le consegnò una tunica bianca.

«Per averne una come la nostra, color pistacchio, deve passare un mese» le spiegò.

Poi la invitò di nuovo a correre attorno al cubo per cento volte: ma adesso doveva farlo tenendo gli occhi ben chiusi.

Qualcosa di Troppo, nonostante fosse abituata agli sforzi, arrivata per la seconda volta al centesimo giro era stremata.

Ma Qualcosa di Più le ripeté, in un orecchio: «Il Grande Pistacchio apprezzerà». E le raccomandò: «Continua a tenere gli occhi chiusi».

Poi la prese per mano e la guidò nel tempio, fino a quella che pareva una stanza molto stretta e umida, anche se Qualcosa di Troppo non poteva vederla. La fece inginocchiare e le disse: «Ora resteremo qui, in silenzio, per qualche ora, per capire che cos'è che ti angoscia e per chiedere al Grande Pistacchio di mettersi in contatto con te».

La Principessa si accomodò, se così si poteva dire, perché i pavimenti di quella stanza erano molto, molto duri. E chiuse gli occhi.

«Forza, Sorella…» la incoraggiò Qualcosa di Più. «Contatta il Grande Pistacchio e scoprirai che cos'è che ti fa male.»

Ma Qualcosa di Troppo sapeva benissimo che cos'era a farle male! Era l'abbandono di Qualcosa di Speciale! Era l'amore che lei continuava a provare!

E per ore si ritrovò così a rimuginare proprio sui pensieri che era andata lì per scacciare.

Tanto che, dopo neanche un'ora, aprì gli occhi, si alzò e sbottò: «Senti, Fratello Qualcosa di Più. Io a contattare il Grande Pistacchio non ci riesco proprio e come se non bastasse continuo a pensare solo al mio ex fidanzato, e più ci penso più mi manca!»

Qualcosa di Più, lentamente, aprì un occhio, poi l'altro. Con la sua voce bassa e calma chiese: «Lo amavi?» «Certo che lo amavo! E purtroppo lo amo ancora!» «Mi sapresti dire che cos'è quello che chiami amore, Sorella?» «È la sensazione di avere una, due, centosette, mille onde in pancia. È un desiderio diverso, assolutamente diverso da tutti quelli che non mi lasciano mai in pace! Gli altri desideri vogliono qualcosa che non c'è: l'amore, invece, vuole qualcuno che c'è, cioè Qualcuno di Speciale, perché finalmente, grazie a lui, ero davvero completa, anzi di più!, ero davvero me stessa, perché...»

«Sh» la interruppe Qualcosa di Più. «L'unico vero amore è quello che possiamo provare per il Grande Pistacchio, Sorella Qualcosa di Troppo. E l'unico desiderio è che lui ci indichi che cosa fare perché possa essere fiero di noi. Forza, riprendi la tua posizione e continuiamo.»

Qualcosa di Troppo tornò in ginocchio con gli occhi chiusi e provò a ragionare sulle parole di Qualcosa di Più: ma non c'era verso! Continuava a frullarle nella testa una girandola di ricordi, di emozioni, di immagini: dietro le palpebre abbassate, si rivedeva fare il mimo in mezzo a una piazza, si rivedeva ballare il valzer per le strade, sentirsi eccezionale, mettersi in posa per il poeta, sentirsi eccezionale, contemplare gli esercizi alla sbarra della ballerina, sentirsi eccezionale...

E forse fu davvero merito del Grande Pistacchio, ma allora, allora!, un nuovo pensiero attraversò come un lampo rosso il buio di quei ricordi: non era Qualcosa di Speciale a mancarle!

Era LEI, a mancarsi! Le mancava quella lei appiccicata come una cozza a Qualcosa di Speciale a fare fare fare! La ragazza eccezionale che in quei giorni credeva di essere! Ma lui... lui, a essere sincera, chi era? Come si chiamavano i suoi genitori? Erano ancora vivi? Non gliel'aveva mai chiesto! Ma, soprattutto, di che colore aveva gli occhi Qualcosa di Speciale? Marroncini... O forse... blu? Neri? Non lo sapeva... Non lo sapeva. Quindi? Quindi era stata solo presa, troppo presa, dal bisogno di riempire il solito, maledetto vuoto che aveva nella pancia.

Altrimenti perché non ricordava nulla, ma proprio nulla, che il suo innamorato le avesse detto? Ricordava solo quello che LEI aveva fatto con lui! Come LEI si era senti-

ta! Ma: no! Non avrebbe saputo dire neanche di che colore Qualcosa di Speciale avesse gli occhi!

«Aveva ragione il Cavalier Niente!» urlò nel buio della
stanza del tempio, e Fratello Qualcosa di Più trasalì.

«Per cortesia, Sorella Qualcosa di Troppo» la rimpro-
verò, ma sempre con estrema pacatezza.

«Anche stavolta aveva ragione il Cavaliere, ti rendi conto, Fratello Qualcosa di Più?» La Principessa cominciò a
strattonarlo perché pure lui aprisse gli occhi e si alzasse:
«Se fossi stata davvero innamorata, davvero libera, saprei
di che colore ha gli occhi Qualcosa di Speciale! Avrei voluto conoscere i suoi pensieri, gli avrei confidato i miei! Si fa
così con gli amici, si fa così con le persone a cui vogliamo
bene e si fa così fra innamorati!»

Esaltata com'era da quell'illuminazione, prese sotto
braccio Fratello Qualcosa di Più per improvvisare una ta-
rantella.

Qualcosa di Più si ricompose velocemente, tossì e dichiarò: «Non sei certamente pronta per l'avventura che posso offrirti con la benedizione del Grande Pistacchio, Sorella».

«Forse non lo sono, Fratello» ammise Qualcosa di Troppo. «Ma io credo che il puro fatto di stare al mondo sia la vera avventura.»

Fratello Qualcosa di Più la osservò incuriosito. «Sembrano parole sagge, le tue.»

Ma Qualcosa di Troppo pareva confusa: «Non sono mie... Cioè... sono... sono parole di un mio amico... Che adesso non è più mio amico, comunque... Insomma, lasciamo stare». E tornò improvvisamente a farsi cupa.

«Tutto bene?» domandò Fratello Qualcosa di Più.

«In effetti no…» mormorò Qualcosa di Troppo.

«Dimmi cosa c'è che ancora ti opprime, Sorella. Coraggio, non temere.»

«Grazie, Fratello, ma io… Insomma… non ci sto capendo nulla… Se ho scoperto che non è Qualcosa di Speciale che mi manca, perché, allora, continuo a sentire un peso qui…» Indicò la pancia. «Qui, dove ho sempre avuto un… un vuoto… ecco, sì… un vuoto…?»

«Forse hai bisogno di fare pace con il Grande Pistacchio» rispose Fratello Qualcosa di Più.

«Ho bisogno di fare pace con il Grande Pistacchio…» ripeté fra sé la Principessa. Poi scosse la testa: «Ma no! No, no no! Con tutto il rispetto, Fratello, in questo momento del vostro Grande Pistacchio non me ne frega un accidente: non sono riuscita neanche a dirgli ciao! Non ho bisogno di fare pace con lui…» Chiuse gli occhi, tornò a inginocchiarsi. Rimase così per dieci, venti, cento minuti. Finché si rialzò.

«Non ho bisogno di fare pace con nessuno!» esclamò con gli occhi gialli finalmente accesi. «Ho voglia! Oh, sì, Fratello! Ho voglia, ho una voglia matta di fare pace con qualcuno. Ma non è il dio del tempio e non è Qualcosa di Speciale. Ho una voglia matta di fare, una volta per tutte, pace con Niente. Ecco che cos'ho.»

E corse via dal tempio, a piedi scalzi, con la tunica bianca che svolazzava nella notte, tanto che, se l'avesse guardata la collina (e non è detto che non avvenne), ai suoi occhi sarebbe sembrata una stella. Una piccola stella cadente.

Che strillava:

VOGLIO FARE PAC
VOGLIO FARE PER
PACE CON
NIENTE!

«Cavaliere, Cavaliere!» chiamava, anche se era ancora lontana dalla cima della collina.

«Cavaliere!» Nel frattempo, così tante erano le cose che voleva dire che comunque cominciò a parlargli, dal passaggio segreto che aveva nel cuore. Gli chiese scusa per essere stata tanto sciocca. E ancora scusa e ancora scusa.

Gli disse che finalmente l'aveva capita, oh sì che l'aveva capita, la differenza fra avere bisogno e avere voglia! «Perché se non imparo a sopportare il vuoto nella pancia, e magari anche a volergli un po' bene, avrò sempre bisogno di un'avventura o di un fidanzato che me lo riempia e non sarò mai libera! Libera di scegliere, libera di avere voglia! Sarò sempre in ostaggio, schiava della paura dello spazio vuoto! Sarò una bottiglia che non è capace di fare la bottiglia, una persona che non è capace di essere una persona! Ho fatto solo casino, troppo casino, perché speravo che Qualcosa di Buffo, Qualcosa di Blu, Qualcosa di Giusto, Qualcosa di Speciale e Qualcosa di Più facessero per me quello che solo io posso fare! Speravo che mi aiutassero a guarire, per smetterla di essere Qualcosa di Troppo… Avevo bisogno di loro, ma il bisogno è solo un sogno: prima o poi finisce o comunque sfinisce… Solo io posso smettere di essere qualcosa di troppo!

Solo io posso fare pace con lo spazio vuoto nella pancia, come è successo con il buco nel cuore! Solo io posso fare pace con Madama Noia e, soprattutto, io, solo io, posso fare pace con Niente! Cavaliere! Cavaliere!»

Ormai Qualcosa di Troppo era arrivata in cima, ma del Cavaliere non c'era nemmeno l'ombra.

«Cavalier Niente…» La voce di Qualcosa di Troppo cominciò a incrinarsi. Era una notte molto scura, senza luna, e non tirava un filo di vento.

«Cavaliere…» sussurrò.

Nemmeno un grillo, neanche uno scoiattolo le risposero.

C'era solo silenzio, la Principessa tremava di freddo e cominciava ad avere paura… Ma in quel momento attraversò il cielo un barbagianni e, con le sue ali d'argento, illuminò il cavo di un pino gigante.

Da dove Qualcosa di Troppo vide spuntare un piede. Secco secco.

«Cavaliere!» La Principessa si avventò sul tronco, infilò la testa nel buco e lo trovò.

«Principessina...» farfugliò.

Era lui.

Ma... non era esattamente lui.

Gli ricordava qualcuno... Chi?

Qualcosa di Troppo non ebbe bisogno di pensarci tanto: il Cavalier Niente le ricordava sua mamma negli ultimi giorni della malattia. Dietro le lenti degli occhialetti sporchissimi, teneva gli occhi spalancati, ma sembrava non vedere, e il sacco d'immondizia era diventato enorme, ma in realtà era il suo corpo che si era rimpicciolito. La morte gli si era attaccata addosso, proprio come si era attaccata alla Regina.

«Stai morendo, Cavalier Niente?» balbettò Qualcosa di Troppo, sforzandosi per non piangere.

«Non esattamente, ragazzina. Ricordi cosa ti disse tuo padre, tanti anni fa?»

«La morte non significa che qualcuno se ne va, ma che tu nel frattempo resti...» ripeté, fra sé, Qualcosa di Troppo.

«Quindi il problema sarà di chi resta, mica mio!» E fece per lanciarsi in una delle sue risate, che però si trasformò in un brutto colpo di tosse.

«Come...» Qualcosa di Troppo si ostinava a ricacciare indietro le lacrime. «Come è potuto succedere? Perché ti sei ammalato?»

Il Cavaliere provò a tirarsi su dal suo giaciglio di muschio per sedersi. Si sfilò, lentamente, gli occhiali, lentamente li sfregò sulla manica e lentamente se li rimise sul naso. Come sempre, ancora più luridi. Poi sospirò: «Ho non-fatto così tante cose, nella mia vita… Forse è solo arrivato il momento di sbaraccare. D'altronde, credo di non servire più a nessuno…»

«E io?» All'improvviso a Qualcosa di Troppo non veniva più da piangere. Anzi. Era arrabbiata: «Vorresti lasciarmi sola, proprio adesso che sono tornata qui per non andare più via?»

Gli occhi stanchi del Cavaliere si posarono finalmente su di lei: «Ma tu, ragazzina, ti stai per sposare, hai le idee chiare su tutto quello che vuoi fare, non hai più bisogno di me…»

«No!» Qualcosa di Troppo scosse la testa con decisione: «No! Sono corsa quassù proprio per dirti che ho sbagliato tutto! Quei maledetti pretendenti mi hanno solo confusa, distratta dall'unica cosa che conta nella vita…»

«Il dolce far niente?» tossì il Cavaliere.

«No. La mia amicizia con te. E tutto quello che mi hai insegnato.»

L'occhio verde e quello marrone del Cavaliere sembravano di nuovo attenti. Qualcosa di Troppo continuò: «E pure se tu dici che l'amicizia non esiste per me fa lo stesso. Perché per me invece esiste. O almeno esiste la nostra. E non lo dico perché ho bisogno di te per sentirmi piena. Ma perché con te mi diverto anche quando mi sento vuota, quando non-facciamo le nostre cose con Madama Noia».

«Allora… Allora ti sei ricordata di lei?»

«Certo che sì!» esclamò Qualcosa di Troppo. «Ed è vero,

il suo fiato sa di ciclamino! Se me ne fossi ricordata prima avrei evitato di fare un bel po' di casini...»

Il Cavaliere era troppo stanco e tornò a stendersi. Ma sussurrò: «Vuoi sapere un segreto, Principessina?»

«Certo.»

«I tuoi casini sono il regalo più bello che ho ricevuto da questo strano, strano mondo.»

«I miei casini? Un regalo? Ma se ti ho dato il tormento, se abbiamo litigato come matti, se ti ho insultato e tirato calci per colpa di quei casini!»

«Ma...» Il Cavalier Niente tossì, tossì. «Ma mi hanno fatto sentire...» E riprese a tossire. «Vivo.»

Qualcosa di Troppo gli passò una mano sulla fronte: quanto scottava!

«Perché non-fare è sempre un bene, certo...» riprese il Cavaliere. «Ma non-sentire... Non-sentire mai niente...»

«Dev'essere tremendo» continuò per lui Qualcosa di Troppo. «Come anche sentire troppo lo è. È tremendo.»

«Certo che lo è, Principessina. Ed è proprio per questo che, anche quando non ci sarò più, tu mi devi promettere che tornerai a frequentare Madama Noia... Hai davvero strappato le pagine del quaderno dove appuntavi le nostre storielle?»

Qualcosa di Troppo abbassò gli occhi: «Te l'avevo detto solo per farti un dispetto. Ma in realtà l'ho sempre conservato sotto al mio cuscino. Anche se non l'ho mai più aperto».

«Perfetto...» Sul volto affaticato del Cavaliere spuntò un sorriso. «Non smettere mai di scrivere quello che inventi quando ti affidi a Madama Noia.»

«Te lo prometto. E ti prometto pure che non mi sposerò mai, mai!» Qualcosa di Troppo si portò la mano al cuore come per dire lo giuro.

«Ma che diamine dici, testona? Io invece spero che ti sposerai, eccome se lo spero! Mica vorrai diventare un rottame solo al mondo come me?» stralunò. «Certo, dovrai trovare un disgraziato disposto a sopportarti... Ma uno migliore di quei cinque pagliacci di pretendenti lo potrai trovare...» Azzardò un'altra risata. Poi tornò serio, o giù di lì. «Tu, Principessina, meriti un marito che sia qualcosa di tutto. E cioè niente di niente.»

«Ancora un indovinello, Cavaliere?»

«Quello che voglio dire...» Ma ormai la voce era diventata un soffio, e sottilissimo. «È che meriti un marito che ti faccia ridere come Qualcosa di Buffo, però ti faccia anche sentire importante come Qualcosa di Blu e ti ricordi che sei eccezionale come Qualcosa di Speciale. Qualcuno che ti spinga a guardare oltre gli esserucci umani, come Qualcosa di Più, però ti aiuti a rispettarli, come Qualcosa di Giusto.»

«Quindi, anche se Qualcosa di Speciale non mi vuole, potrei scegliere un altro di loro?»

«Ti ho appena detto che sono tutti dei pagliacci! Sono terrorizzati pure loro dallo spazio vuoto e provano a riempirlo esattamente come te, ognuno con il troppo di un qualcosa. Ma tu almeno cerchi, loro pensano di avere trovato.» Aveva parlato con foga ed ebbe bisogno di prendere un lungo respiro. «Dunque, Principessina, sogno per te un marito che non ti dia qualcosa di troppo. Ma che ti dia un po' di tutto. E senza però toglierti niente...»

«Sei tu che me lo togli! Sei tu che mi togli Niente, se muori!» Qualcosa di Troppo gli si aggrappò a una spalla.

«Ma che dici, Principessina! Noi avremo sempre il tuo passaggio segreto per parlarci come e quando ci pare e magari, chi lo sa, inventeremo anche un altro modo per continuare a tormentarci...»

«Un altro modo?» Gli occhi gialli di Qualcosa di Troppo improvvisamente scintillarono. «E quale?»

«Non è importante, adesso.» Per la prima volta il Cavaliere allungò una mano sulla guancia della Principessa, per un pizzico che però forse era una carezza. «Quello che è importante, invece, è che il tuo futuro marito ti porti in dono tutte le cose che non-fa. Così non le farete insieme. E spero che saranno davvero tantissime.»

«Senza di te come farò a non-fare, Cavaliere?» Ormai Qualcosa di Troppo non resisteva più e scoppiò a piangere. Ma non com'era abituata a farlo lei. No. Scoppiò a piangere piano. Dolcemente. «Come farò, senza di te?» ripeteva.

«Ci sarà sempre Madama Noia, a vostra disposizione» rispose il Cavaliere. Anche la sua voce sembrava traballare e non solo per la stanchezza. «È bellissimo, sai, annoiarsi con qualcuno che amiamo. L'unica possibilità che abbiamo per essere grandi come la collina è proprio questa: non-fare le nostre cose con una persona che per noi è importante. Perché lo è? Perché ride come ride, perché piange come piange: insomma, per nessunissimo motivo. Ma, proprio per questo motivo che non c'è, è diversa da tutti, tutti gli altri esserucci umani.»

«Lo so! E lo so perché l'ho provato con te!»

«È vero. Infatti noi due siamo amici. No?» E il Cavaliere le strizzò un occhio. Quello marrone.

Qualcosa di Troppo gli prese la mano secca secca.

Rimasero così tutta la notte, finché le prime, dispettose luci dell'alba non cominciarono a scherzare con il cielo.

A quel punto: «Lo faresti, per me?» soffiò il Cavaliere.

«Ma certo» disse Qualcosa di Troppo.

E si stese accanto a lui e cominciò a fischiettare.

«Grazie a te, attorcigliato di un Cavaliere,
non sarò mai più Qualcosa di Troppo.»

«Grazie a te, catastrofe di una Principessina,
non sono più quel niente di Niente.»

«Adesso sono anch'io finalmente qualcosa.»

«Adesso sono anch'io finalmente qualcosa.»

Non sappiamo tutto quello che successe, da quel giorno in poi, alla Principessa.

Ma sappiamo che trascorse parecchie giornate da sola, e nessuno aveva idea di dove andasse.

Quando tornava al castello, si chiudeva nella sua stanza e riempiva quaderni e quaderni con chissà quali storie.

Per il resto leggeva molto.

Cavalcava un po'.

A volte si rattristava.

Sorrideva spesso.

Sappiamo che, dopo qualche anno, incontrò un altro principe, un altro duca, un altro conte. Ma non sposò nessuno di loro.

Finché un giorno, mentre girava per il regno, un ragazzo né troppo alto né troppo basso, né troppo bello né troppo brutto si fermò in mezzo a una radura in cima a una collina.

Aveva un paio di occhialetti tondi e sporchissimi e provò a sfregarsi le lenti su una manica della maglietta, per dargli una pulita.

Ma se li rimise sul naso più sporchi di prima.

Si stese nell'erba a fissare il cielo.

Sappiamo che la Principessa passò di lì proprio in quel momento.

«E chi saresti tu?» le chiese il forestiero.

«Sono la Principessa Qualcosa» rispose lei. «Ti dà fastidio se mi stendo accanto a te?»

«Ma... ma io stavo solo osservando una nuvola, perché ha una forma piuttosto strana... Non mi sembra un passatempo adatto a una Principessa» fece lui.

«Vedremo» disse la Principessa Qualcosa.

E gli si stese accanto.

«A guardarla bene...» disse il forestiero con gli occhiali sporchi «non sembra anche a te un unicorno?»

Alle loro spalle salì un profumo.

Pareva ciclamino.

Finito di stampare
nel mese di febbraio 2017
per conto della Longanesi & C.
da 🦁 Grafica Veneta S.p.A. di Trebaseleghe (PD)
Printed in Italy